LAS
NOCHES
HABITADAS

LAS NOCHES HABITADAS

ALMA DELIA MURILLO

 Planeta

Diseño de portada: Liz Batta
Fotografía de portada: Getty Images America / The image Banck
Fotografía del autor: © Carlos Estrada

© 2015, Alma Delia Murillo

Derechos reservados

© 2015, Editorial Planeta Mexicana, S.A. de C.V.
Bajo el sello editorial PLANETA M.R.
Avenida Presidente Masarik núm. 111, Piso 2
Colonia Polanco V Sección
Deleg. Miguel Hidalgo
C.P. 11560, México, D.F.
www.planetadelibros.com.mx

Primera edición: abril de 2015
ISBN: 978-607-07-2721-4

Impreso en los talleres de Litográfica Ingramex, S.A. de C.V.
Centeno núm. 162-1, colonia Granjas Esmeralda, México, D.F.
Impreso y hecho en México – *Printed and made in Mexico*

Nunca le pidas a un hombre que te complazca en todo, porque el día que lo haga dejarás de tener un hombre a tu lado.

I

CARLOTA

Mi madre se enoja cada vez que le digo que tener insomnio está de la verga. Pero es que está de la verga, no puedo describirlo de otra manera. Yo creo que por eso soy gorda: ni modo que, después de estar despierta durante horas, no sienta hambre a mitad de la madrugada. Así que de nada me sirve cenar verduras cocidas a las nueve de la noche si a las dos de la mañana estoy atacando el frasco de Nutella a cucharadas asesinas, devorando galletas, palomitas caramelizadas, todo acompañado de un litro de leche entera, multivitaminada y multigrasosa.

Por eso digo que tener insomnio está de la verga. O sea: es una conclusión vivencial, no nada más me estoy tirando al drama.

Y por eso soy gorda, o rellenita, como me dicen todos con tanto cariño. Métanse su cariño por el culo y déjenme en paz con el peso, en especial tú, mamá.

Cómo me hubiera gustado verte a los dieciséis años, a ver si es cierto que eras una belleza radiante como dices que eras. No es que mi mamá sea fea ahora que es mayor; de hecho, es guapa, y creo que eso me molesta. Es como la versión señora de mi tía Dalia, que es la más bonita de las dos hermanas: ojos grandes y llamativos, pelo negrísimo, nariz de pellizco y caras lindas. Así son ellas. Y yo parezco Sansón o cargador de almacén. Puf.

No la soporto. Hace tantas cosas mal mi mamá.

Llamarme Carlota, por ejemplo. La odio cada vez más.

Sencillamente una no puede ser una *drama queen*, tener dieciséis años y llamarse Carlota. Todo para que me digan Carli, Carlita, Carliux o hasta Carla. La gente es idiota. Solo mi amiga Federica comprendió desde el principio que pronunciar mi nombre como debe ser es una muestra de respeto, claro, porque tiene el mismo problema que yo: odia que le digan Fede. Me encanta cómo los ignora cuando la llaman así, pero ella puede darse esos lujos porque es bonita y flaca y porque sus papás no son un par de disfuncionales como los míos. Los de ella siempre están juntos, tomados de la mano, sobándose la espalda o los muslos por debajo de la mesa; los he visto. En cambio mi mamá es tiesa como palo, no sabe qué hacer en público con mi papá. Y mi papá parece un zombi de oficina.

Y yo soy la peor parte de los dos y no tengo ningún hermano para compartir la tragedia: gorda, tetona y además hija única. Que alguien me mate porque mi vida apesta, lo digo muy en serio.

Hoy entré al baño de hombres en la escuela. Me gusta hacerlo porque como soy fea siento que me puedo dar ese lujo. Para ellos soy inofensiva, o invisible, que es peor. Si no fuera por mi corte de pelo de chica rara casi podría pasar por un hombre gordinflón. Me gusta la palabra *gordinflón*: si subrayas la efe al pronunciarla hasta puedes imaginar que estás inflando al gordo, o gorda, en este caso, como si fuera un globo.

El hecho es que estaba meando y leyendo sus grafiteos chafas en las paredes. Son unos trogloditas tarados hasta para la perversión, me cae, y además tienen una ortografía para convulsionar. Se sienten muy transgresores por escribir: «Fede es una sorra sin sentimientos pero la mama bien chido». ¿Sorra?

Sí, con *s* en lugar de *z*. Pobres *güeyes*, que alguien les regale un diccionario y les haga el favor de explicarles cómo utilizarlo, porque además de ser brutos e iletrados, también son huevones.

Además no es cierto, Federica no es ninguna zorra, pero como no les hace caso aplican su venganza de niños de preprimaria escribiendo pendejadas sobre ella. El hombre de Cro-Magnon con iPhone, eso son.

Ni hablar de sus dibujos *naif* que tratan de emular parejas cogiendo. *Emular* también me gusta, es una palabra sólida, de una pieza.

Están para morirse de risa; mis garabatos de cuando tenía cinco años son mucho mejores que los que ellos esbozan en esas puertas; y, obvio, pintan unos penes inmensos como si así los tuvieran. ¿Habrán visto alguna ilustración de las paredes del prostíbulo de Pompeya? ¿Sabrán qué es Pompeya? Qué van a saber si no son más que unos ignorantes con pretensiones de malvados, pobres.

Pobre de mí, más bien. De qué me sirve tener excelente ortografía y saber de la Antigua Roma o de mitología griega si nadie me pela.

Y por si fueran pocas desgracias, tener a los peores padres y ser gorda, debo sumar la mala suerte a mi apestosa existencia: salía de llevar a cabo mi observación antropológica en los baños de los cavernícolas y, por distraerme dictando mis conclusiones al teléfono, tropecé con el único tipo que vale la pena en este poblado de bárbaros. Ay, que alguien me mate dos veces.

Para colmo, Julián es guapo y también es amable. Después del tropezón me preguntó: «¿Estás bien?». No intentó chorearme o burlarse de mí por estar en el baño de hombres. Yo creo que me puse roja, morada y púrpura, en ese orden, y por más que trato de reproducir el momento no puedo recordar si de verdad me miró o solo vio un bulto con dos pechugotas, que es lo que en realidad soy.

Me gustaría estar contándole todo esto a Federica, pero ya casi no la veo porque cada vez tiene menos ganas de salir de su casa, y ni modo de seguir intenseándola para que nos topemos. Me duele cuando me ignora; haría lo que fuera por ella; haría cualquier cosa para que pudiera llamarla mi mejor amiga. Pero no me hago pendeja; supongo que ella no siente lo mismo por mí porque puede tener muchas amigas, las que quiera. Los raros estamos condenados a querer de un modo estúpido y eso es garantía de que todos nos van a romper el corazón: las amigas, los novios, los maestros, todos. O sea: soy patética. Una insomne patética reflexionando sobre la vida a mis dulces dieciséis cuando son las tres de la mañana.

Siento la cabeza tan vacía de sueño que a veces pienso que me voy a quedar despierta eternamente y voy a morir de no dormir. Sí puede ocurrir eso. El otro día vi un documental de una enfermedad que se llama *insomnio fatal familiar* y un pobre tipo duró seis meses en vigilia porque una proteína de la cadena genética tenía alguna falla y no le permitía apagar el interruptor durante la noche, hasta que su cerebro empezó a desconectar funciones y murió convulsionando en una cama. Qué pesadilla, y no me refiero a la muerte, sino a los seis meses despierto. El horror.

Insomnio también es una de mis palabras favoritas, es tan hermosa que suena bien al ser pronunciada casi por cualquier boca pestilente, y hasta el débil mental más anodino parece interesante al utilizarla.

Aunque admito que esto de no dormir tiene sus ventajas; por ejemplo, aprovechar el tiempo para leer, pensar y analizar a los vecinos. No a todos, desde luego; aquí solo hay una persona interesante y con actividad nocturna; el resto tiene vidas tan insípidas y predecibles que su patrón puede adivinarse al segundo día de observación, sin que, por supuesto, den ganas de dedicarles medio minuto de estudio.

En cambio, ella invariablemente me da material. Regularmente a estas horas sale un tipo del *penthouse* donde vive la mujer perfecta, así le digo yo a la vecina: una rubia flaca de esas con cuerpo de revista que tiene un superpuesto ejecutivo en alguna empresa. Por más que intento no puedo calcular cuántos años tiene: no sé si será como mi mamá o tal vez más joven. Alguna vez llegué a sentir admiración por ella y a pensar que se me antojaba mucho más convertirme en ella que en mi madre al llegar a su edad, pero eso fue cuando yo era muy pequeñita y todavía no comprendía que el único destino que existe es el de la apariencia física, o sea, que para convertirme en la vecina tendría que volver a nacer con un código genético distinto. No hay manera.

Además, es obvio que la pobre está más sola que un perro callejero y algo dañadita de la cabeza. Eso de recibir a un tipo diferente cada noche y que ninguno se quede a dormir con ella o que ninguno regrese solo puede significar dos cosas: que está como una cabra y por eso nadie la tolera, o que está como una cabra y por eso ella no tolera a nadie.

¿Cómo hará para convivir con tantos tipos diferentes? Yo no podría ni en drogas.

Ahí va el de hoy: todos suelen salir así, como arrastrando su humanidad en cada paso para abordar el elevador y en un estado que a mí me parece más de resaca prematura que de ebriedad. Pero en la mañana ella aparece en la puerta de su *penthouse* radiante, perfectamente arreglada y dejando el rastro de su perfume flotando en el elevador.

A mí no me la pega: las ojeras en su rostro son cada vez más hondas, como amoratadas. A veces me da la impresión de que un día los ojos le van a empezar a llorar sin control para desahogar esa cosa que lleva adentro. Además, estoy convencida de esta verdad absoluta: así como no existen los gordos felices, no hay insomnes equilibrados; si lo sabré yo que sufro las dos variables como una penitencia. Y esa mujer duerme tan poco como yo, o tal vez menos.

Como sea, me deja intrigada, y últimamente siento tristeza cuando la veo o pienso en ella.

Uf, ya son las tres de la mañana otra vez. Y ahora me duele la panza por comer tanto: volví a acabar con la caja entera de galletas sin darme cuenta. Me voy a dormir con dolor de estómago por tragar como cerdo y faltan tres horas para que suene el despertador. Voy a amanecer desvelada, hinchada, que en realidad quiere decir más gorda, estreñida y más loca, si es que se puede.

Es horrible, soy horrible y mi vida apesta, lo digo en serio.

CLAUDIA

Mi hija tiene razón: soy tonta. Tiene razón cuando me lo dice, pero sobre todo cuando no me lo dice, cuando me mira con esos ojos de compasión pero mantiene la boca cerrada, no sé si para no herirme o porque le resulta demasiado incómodo hacerse cargo de que tiene por madre a una vaca aturdida.

Aquí estoy: sentada delante de esta bestia con cables, accesorios, instructivo en siete idiomas e ilustraciones para imbéciles. Yo solo quería una cafetera nueva. ¿Por qué JM y Carlota se empeñaron en comprar este animal mitológico, como ella lo llama?

Dios mío, ¿en qué momento me volví tan limitada, tan dependiente de mi marido, tan temerosa de mi propia hija? Antes no me lo preguntaba, desempeñaba mi papel de esposa y madre sin hacer cuestionamientos. Pero a todas nos llega el día en el que no se puede seguir ignorando eso que se nos revuelve dentro al pensar en el futuro.

Se me van a ir las horas tratando de instalar este aparato y cuando ella regrese me va a preguntar cómo me fue y va a pedir un café y no es posible que yo responda que no supe hacerlo. Voy a quedar como una tonta, otra vez. Qué injusto.

¿Por qué me convertí en esto?

No puedo hacer que funcione; he seguido paso a paso las indicaciones. Voy a empezar de nuevo pero me vuelven loca los botones de encendido y apagado, los de programación de horas y alarmas, las boquillas de vapor, el cable A, el cable B, la perilla de control, la tapa de presión, la tapa de protección, la opción manual y automática. Dios mío, quiero gritar que odio mi vida.

¿Cómo será la vida de mi vecina que se va todo el día o semanas enteras a trabajar? La he visto salir con sus abrigos y sus vestidos de ensueño, sus mil bolsas y maletas, dando órdenes, entregando paquetes al chofer o al asistente. Dudo mucho que ella se ponga a condolerse como niña perdida delante de una cafetera nueva porque no sabe cómo usarla. A veces quisiera ser su amiga pero ni me mira; mejor, qué pena sentiría si pusiera atención en mi apariencia de ama de casa desvencijada. Exagero, lo sé; de algo servirán las cremas, los sueros, los tratamientos para el pelo y la ropa que firmo con la tarjeta de JM. Supongo que alguna vez fui bonita de verdad, bonita desde dentro. Ahora me parece que ya no, que solo intento parecer una esposa funcional y no puede haber belleza en eso.

Voy a llamar a Carlota para que venga a ayudarme. Mejor no; mejor sí; es que no quiero que JM llegue y tener que decirle que no pude. Lo odio; odio sus formas de alto ejecutivo, su permanente cansancio, sus hábitos ridículos, sus regalos abrumadores, sus respuestas displicentes de jefe venerado por todos los lamebotas que trabajan con él.

¿Por qué es más importante su trabajo que echar a andar esta cafetera para que él y la niña tomen café? Con un egoísta narciso como JM estoy condenada al trabajo de doméstica, que siempre será secundario comparado con la grandeza de sus responsabilidades. Lo odio.

No voy a llamar a mi hija, no; ya basta de depender también de ella. Me dijo «analfabeta digital» cuando le pedí que me explicara cómo descargar fotos en mi teléfono.

Es que soy torpe para todo, hasta para hacerle sexo oral a JM, por ejemplo. Más bien soy torpe para el sexo completo. Dios mío, ¿qué va a ser de mí?

Estoy segura de que tiene un romance con una puta de fijo o algo, no puede ser que se conforme con la poquísima actividad sexual que tiene conmigo.

¿Cómo se hace el sexo oral? ¿Rápido o despacio? ¿Con los ojos cerrados o abiertos? ¿Qué tan fuerte succionas para no lastimar? ¿Succionas o lames? Yo lo hago tan mal que JM debe ser el único hombre al que no le gusta que su esposa trate de agarrarle el pene para metérselo en la boca.

A veces me lo imagino con otra mujer en la cama; tengo sueños horribles en los que veo nombres y apellidos de las compañeras de oficina con las que me engaña; veo sus rostros, lo veo a él excitado, a punto de eyacular, y lo más terrible es que hasta en el sueño soy pudorosa porque no me atrevo a mirar la conclusión del acto.

Tal vez lo que no me atrevo a hacer es a mirarme a mí misma, como dice mi hermana. No sé: hay momentos en que se me ocurre que con todo y su locura ella es más sana que yo, que está más viva. En realidad, cualquier mujer me parece mejor que yo, que soy el colmo de lo ordinario.

Maldita cafetera; me rindo, necesito ayuda. Pero mi hija no tiene por qué resolver mis problemas; debería ser al revés, ya que se supone que yo estoy para ayudarla a ella, y no quiero reforzar la imagen que tiene de mí con el espectáculo de mi torpeza cotidiana. Mi nena; pobre de mi nena, refugiada en su cinismo adolescente para no revelar que tiene el alma más endeble que su padre y yo juntos. Veo su rostro redondo coronado con esas ojeras inmensas y se me estruja el corazón. Hasta para eso soy una redomada idiota, idiota genética, ¿por qué le heredé el insomnio y no mi buen metabolismo?

A ver, porquería, vas a funcionar y punto.

Levántate, Claudia, conecta esta cosa y ordeña un mísero café. Y no te quemes o fractures o lesiones las manos, tontita. Luego tienes que dar explicaciones inverosímiles para ocultar lo bruta que eres.

El despertador perfora el sistema nervioso de Carlota, o así le parece a ella. Tiene las manos entumecidas y un desagradable sabor amargo en el paladar y los dedos de los pies y la punta de la nariz helados. Es la batalla de todos los días: no quiere levantarse pero anticipar la voz de su madre del otro lado de la puerta le pone los pelos de punta, así que se levanta movida por la intolerable idea de tener a Claudia sentada en su cama y hablándole con una dulzura chocante, fingiendo una jovialidad y una ligereza que en realidad le son ajenas.

Culpa. Es la sensación que se extiende desde su abultado vientre hasta la garganta, hasta el fondo del alma y, movida por esa culpa, como un *software* eficientemente programado, cuenta las calorías que consumió durante la madrugada.

El arrepentimiento crece; los jugos gástricos queman en la lengua y no le queda siquiera el recurso del vómito, es demasiado tarde: el medio kilo de galletas, el litro de leche y el medio frasco de mermelada habitarán en su metabolismo a largo plazo.

Siente ganas de llorar, pero de nuevo la idea de verse dando explicaciones por las evidencias del llanto en su rostro la detienen.

Escucha el taconeo imperioso cerca de su habitación y de un salto se encierra en el baño, abre la regadera para que el sonido del agua tranquilice y aleje a Claudia. Siempre funciona: el *plic-plic* de la regadera aleja al *clac-clac* de los tacones que regresan al desayunador.

Corre el seguro de la puerta para asegurarse de que su madre no cometerá el atropello de asomarse durante la ducha, como suele hacer olvidando que ella ya no es una niña de siete años. Se sienta en el retrete y orina un chorro potente y ruido-so, luego se mira en el espejo y no puede contenerse. Gimotea descorazonada mientras se desnuda con asco, con rabia, con cansancio y finalmente se mete a la ducha, poco a poco la sensación del agua tibia la ayuda a controlarse.

—¿Por qué tienes los ojos rojos, mi amor?

—Buenos días, *ma*.

—Te pregunté…

—Porque me gusta el agua muy caliente y se me irritan, ¿ya?

Madre e hija se entregan al ritual matutino calladas y tensas; su incomunicación es el más palpable de los desamparos porque Carlota tiene ganas de no ir a la escuela, de quedarse abrazada al cuello de su mamá, de decirle que necesita ayuda, de pedirle que la lleve al nutriólogo, que venga a dormir a su cama las noches en que sabe que no podrá controlar su ansiedad, de preguntarle si alguna vez la relación con la comida se le volvió un huracán inclemente. Y Claudia no sabe cómo decirle que sabe lo que finge que no sabe, contarle que la ha visto sentada en el piso de la cocina, con la puerta del refrigerador abierta, comiendo con tal agresividad que daría lo mismo que se golpeara o se hiciera cortes en las piernas y las manos. Quiere decirle también que logró, en cinco minutos, preparar el café en la máquina nueva movida por un amor insuperable hacia ella y que durante toda la tarde anterior no había podido conseguir siquiera que el botón de encendido cambiara de rojo a verde.

Pero no dicen nada; los cercos amarillos bajo sus ojos y la piel punto menos que transparente de las dos se alteran apenas por los movimientos de sus músculos faciales al masticar los coloridos trozos de sandía que contrastan de un modo casi vampírico con esas caritas cetrinas.

Claudia detiene el auto un par de calles antes de llegar a la puerta de la escuela, sabe que su hija odia que se acerque hasta la entrada y que se pone frenética si intenta darle un beso delante de los demás estudiantes. Recibe por despedida un «adiós, *ma*» que es cortado de tajo por el sonido de la puerta que Carlota cierra con un empujón seco.

MAGDALENA

Después del sexo, los hombres siempre preguntan si te gustó, qué necedad. No saben que la mejor manera de coronar un orgasmo es con el silencio. Y desde luego tampoco saben que las mujeres responderemos *sí*, y que, por supuesto, estaremos mintiendo. ¿Acaso no se han dado cuenta? Mentimos porque no nos atrevemos a decir que no o porque el *sí* auténtico hubiera sido mucho menos entusiasta; mentimos para no hacerlos sentir mal. Qué tontas nosotras y qué tontos ellos, así nunca elevaremos el estándar de las artes amatorias.

Con los años he aprendido que después del sexo se puede saber perfectamente quién es el tipo que está a tu lado en la cama, porque los hombres dicen de un modo transparente con sus acciones todo lo que no dicen con palabras. Lo que pasa es que a veces las mujeres nos empeñamos en no leer las señales que ellos mandan luego de eyacular, que se convierten en una radiografía masculina de una nitidez escalofriante y fascinante.

Tomemos, por ejemplo, este tipo que duerme en mi cama, para el que todavía tengo que montar el numerito de dulce gatita y echarlo con suavidad antes de que sea más tarde. Es guapo, enorme y velludo, como me gustan, pero bruto; resulta un espectáculo casi gracioso ver un ejemplar de estos, rayano en la bestialidad, con carita de borrego extraviado y sin saber cómo manejar esa humanidad inmensa que podría proporcionar tanto placer: una lástima. Estoy casi triste, no pude llegar al orgasmo porque no había manera de manipular el cuerpo de este garañón. Y todavía estoy caliente, ansiosa, ya veo venir la larga noche de insomnio si no hago algo para desahogarme. Voy a terminar masturbándome montada sobre su muslo, qué más.

Caray, cómo me gustan los hombres. Ojalá lo hubiera comprendido y aceptado sin tapujos antes de llegar a esta edad en la que las hormonas están por abandonarme. Tener cuarenta y nueve años pero verse más joven y seductora es una maldición cuando estás sola. Para remate, el garañón ronca y no puedo evitar apretar la mandíbula al ritmo de sus estertores. No quiero ponerme de malas; no me gusta estar enojada porque me hace recordar los peores días de mi madre cuando vivíamos juntas.

¿Por qué será que las mujeres estamos permanentemente enojadas? Al principio de todo contacto somos encantadoras, chispeantes, madres amantísimas o exploradoras sexuales radiantes, pero luego, inevitablemente, mutamos en supervisoras regañonas, expertas detectoras de fallas, amargadas e inapetentes sexuales. Qué tristeza que la amargura se haga más densa con los años, que el carácter sea cada vez más agrio. Pero no quiero seguir por el camino de la rabia y arruinarme aún más el momento, así que mejor vuelvo a pensar en el *performance* del Minotauro. Después de soltar el chorro de semen, los hombres son lo que son, sin filtro, y es por eso que la mayoría, sin ningún pudor, deja salir a su niño eterno que necesita una siesta reparadora porque no puede aplazar sus necesidades básicas —como este ejemplar de carne y testosterona con déficit de maldad y superávit de cuerpo que metí en mi cama por tonta, por pasar un rato acompañada.

Casi todos duermen después de eyacular, pero no falta el que prefiere beber porque está muy descompuesto del alma; o el que fuma sin preguntar si puede hacerlo para demostrarte que es un adulto que no necesita pedir permiso; o bien el pobre asustado que se disfraza de cínico arrogante y te advierte que no te enamores de él; o el desconectado que apenas te toca o mira. El que busca su teléfono suele ser el peor porque es casado y necesita reportarse a la comandancia para que la cornuda no arme un lío de consecuencias siniestras. En general, los únicos que valen la pena son los que te contemplan en silencio.

No sé, tal vez mis apreciaciones son un poco confusas; es que estoy tan cansada. Creo que tengo resaca de hombres porque han sido demasiados; ya casi vomito intentos. Estoy harta de aprenderme nombres, manías, restaurantes preferidos, bebidas favoritas. Harta de esmerarme para estar bonita, depilada, lubricada y caliente cuando voy a verlos. ¿Y por qué? ¿Quién me lo pide? Nadie. Mi verdugo soy yo misma, lo sé. A veces tengo la fantasía de claudicar, de dejarme la panza, las piernas peludas, vivir en *pants* o en piyama, irme a París como hizo el cabrón de mi padre o poner una casita en Granada, hornear bollos y venderlos o comérmelos todos yo misma. Pero no me atrevo.

Además, está la chantajista de mi madre y su puta enfermedad. Que los dioses me perdonen, pero qué ganas tengo de que ya se muera. Esto de ser hija única es la maldición del siglo. Cómo me gustaría agarrar un puñado de jovencitas de ovarios exultantes y decirles que si van a tener hijos no cometan el crimen de tener solo uno, que eso es una chingadera perpetua porque el destino inevitable es una codependencia degenerativa con el progenitor vivo; y si viven los dos: peor; el rol asignado por *default* será el de árbitro mediador de sus miserias de pareja rancia.

En realidad me encantaría poner una consultoría de cinismo de género y dejarme de hipocresías.

Coaching personalizado para tontitas buscamarido. Si tu objetivo es conseguir un proveedor, aunque no te atrevas a reconocerlo, véndete caro y asume desde ya y sin lloriqueos que perderás autonomía y que compartirás a tu marido con putas y amantes ocasionales; lo necesita, se lo merece, él paga. Y tú te vendiste.

Coaching personalizado para confiadas irredentas. Si un hombre te dice que te quiere después de la primera noche de sexo, está mintiendo, aunque él no lo sepa. Si además insiste en que es verdad, está mal de la sesera, sobre todo de las emociones; para él las mujeres son una sustancia genérica intercambiable porque lo mueve el pavor a la soledad y no su amor por ti; se enamorará de cualquiera, así que mejor corre por tu vida.

Clasificaría mis grupos en cabronas, cabroncitas y aspirantes.

Las únicas que no necesitan asesoría son las bonitas porque las bonitas aprenden —aprendemos, debo decir— a manipular desde niñas, desde muy pequeñas. Por eso, cuando llegamos a la edad adulta estamos condenadas a repetir nuestros modelos de relación con los hombres de un modo caricaturesco: conocemos bien la receta pero nos enamoramos como primerizas todas las veces porque nos morimos de ganas de pertenecerle a alguien después de ser deseadas por todos y todas a lo largo de la vida. Así que aquello de «la suerte de la fea» debería cambiar: feas y bonitas sufrimos al parejo y se nos va la vida buscando el amor, la aceptación, y yo qué sé qué más.

Cómo me entretengo pensando tonterías como esas. Es que la soledad enloquece de mil maneras; una noche de estas me sentaré a la mesa, serviré dos copas de vino y conversaré en voz alta conmigo misma mientras algún desconocido ronca en mi cama. Y a la mañana siguiente iré por mi propio pie a internarme en un hospital psiquiátrico. Pero esa noche no será hoy, así que ya duérmete, Magdalena; este pedazo de desperdicio no va a despertar ni echándole encima un chorro de agua fría. Si no se levanta y se larga por su propio pie mañana, que lo saque don Raúl.

Maldito insomnio. Eso y no los hombres a los que intento amar es lo que va a acabar conmigo. Dentro de unas horas tengo una junta con cuatro insoportables de título internacional en la oficina.

Yo creo que por eso no tuve hijos; las hembras insomnes no podemos criar, no podemos ser madres; sin duda, la naturaleza es sabia, al menos más sabia que yo y mis devaneos de loca. Ya decidiré si mi retiro será horneando bollos en Granada o asesorando aspirantes a cabronas. Ojalá pagaran por eso. Ojalá pagaran los doscientos diez mil pesos que cobro mes con mes por dirigir un equipo de incompetentes con pretensiones ejecutivas y garantizar ventas en dos países tan rotos como México y España. Bien visto es poco dinero. Habrá que ponerle remedio, tendré que urdir un plan para planteárselo a mis patrones sin pasar por una ambiciosa desmedida, lo que parece ser la nueva prescripción para ganarse el honorable título de perra del mal, o el equivalente a una bruja en tiempos de la Santa Inquisición.

Quién entiende su doble moral: primero te trepanan el cráneo con el discurso de superación y excelencia, que no te rindas, que seas exitosa, que el techo de cristal se puede romper; y cuando por fin lo logras te tachan de narcisista, ególatra, hembra desnaturalizada carente de dulces sentimientos maternales. El hecho es que no hay manera de sentirse tranquila con ninguna decisión, qué cansancio.

Ya. Duérmete.

—¿Qué haría yo sin usted, don Raúl?

—Usted nunca se va a quedar sin mí, señorita.

Con una eficiencia casi devota, el portero se apresura a cargar la bolsa de Magdalena para acompañarla a la salida del condominio.

—Gracias otra vez. Corro porque me están esperando en la oficina y ya se me hizo tarde.

—Que la esperen, señorita. Usted se lo merece.

Ella hace un ademán con la mano y el conserje regresa a su minúscula trinchera que hace de oficina junto a la recepción.

El Audi negro espera con las luces intermitentes encendidas. Magdalena entra con ese aire majestuoso de reina invencible que le ha hecho ganar tantas batallas y se instala en el asiento trasero.

—Buenos días, señorita Prudhomme.

—Buenos días, Martín.

—¿A dónde la voy a llevar?

—A la oficina, por favor. Tenemos que estar ahí en veinte minutos.

—Usted tranquila, ahorita hacemos el milagro.

Se ríe de sí misma. Le resulta simpático pensar —como todas las mañanas— que el portero y el chofer son los hombres de su vida, o al menos dos de sus relaciones más largas. Los admira: son de esa estirpe masculina que todo lo resuelve, de los que se hacen cargo, de los que no dudan en correr a rescatar a su damisela en peligro. Si no fuera tan prejuiciosa y tuviera menos privilegios que perder, ya se habría encamado con uno de esa dinastía, pero no puede permitírselo: el poder la sedujo siempre, es el motor de su vida. Y una mujer poderosa no desciende al inframundo para relacionarse con un entrenador de gimnasio, un chofer o un portero de condominio residencial, por más encantadora y curiosa que resulte la idea.

Suena el teléfono; es Liliana, la asistente ejecutiva más eficiente que ha tenido nunca.

—Hola, corazón, ¿qué novedades tenemos?

Al otro lado de la línea Liliana y un coro de compañeros de oficina entonan las mañanitas en honor a Magdalena por su cumpleaños cincuenta, pero ella se retira el teléfono lo más posible hasta que el horrendo canto termina. Luego, su asistente recita una salmodia de reuniones para el día a las que ella responde con un *sí* o un *no*, según sea el caso; del otro lado se van eliminando o confirmando las citas.

—Una última cosa: tienes que escoger tu itinerario de vuelo para lo de Barcelona. Está en tu correo, te lo mandé hace un par de horas; cuanto antes elijas, mejor. Así reservo con tiempo.

—Lo reviso y te confirmo en dos minutos. Nos vemos en un rato. Chao, corazón.

—Aquí nos vemos, buen día.

Siente un estremecimiento en el vientre, algo cercano al dolor pero de una naturaleza distinta; no es el malestar franco del cuerpo: es angustia. Los viajes se han convertido en su debilidad secreta; la descolocan, la desestructuran, le hacen perder las certezas dentro de las que enmarca su vida. Los hoteles son una pesadilla de cinco estrellas, una espiral en descenso que la lleva a los infiernos del insomnio agrio, imposible, que la enfrenta a su soledad sin la menor concesión, sin el menor disimulo. Se siente exiliada de sí misma cada vez que está fuera de México.

El Audi ingresa en el laberíntico estacionamiento del gran edificio corporativo deslizándose en los interminables niveles subterráneos. Otra espiral en descenso; mientras la recorre le gusta pensarse señora diabla en su Hades personal, en su Hades empresarial.

Baja del auto y su personaje cobra vida: camina como si midiera diez centímetros más; exhibe su cuerpo bronceado y tonificado por años de entrenamiento y cuidados obsesivos; sacude su melena rubia; sus irresistibles ojos azules reparten sonrisas y guiños a diestra y siniestra. Saluda incorporando nombres, apellidos y besos en cada *buenos días* porque le fascina sentirse admirada, deseada, y sorprender con su amabilidad inalterable cuando podría ser una déspota de oficio.

Liliana se dirige a ella con una taza humeante de café recién hecho en su inseparable prensa francesa y se la pone en la mano. Magdalena la abraza, la besa, la toma del hombro y caminan unos pasos juntas y le pide solo una cosa:

—Por favor, confirma mi cita con el doctor Alcántara para mañana en la tarde, corazón.

—Ok, ¿escogiste el itinerario de vuelo?

—Todavía no, te prometo que terminando la reunión lo hago.

DALIA

Rota.

Nací con el corazón en pedazos; también nací insomne. Por eso soy kamikaze. Nací incompleta: me falta resignación. Por eso soy para siempre.

Por eso sigo sin comprender por qué debemos separarnos; no entiendo por qué me abandonas, por qué no te quedas a atravesar la vida conmigo.

Estoy contra el suelo; llena y vacía; rota y entera; preguntándome cómo voy a sobrevivir los siguientes cinco minutos sin ti. Me dueles tanto que no puedo respirar. Me mataste; tú me mataste cuando te saliste de mi casa, de mi vientre; por eso me voy a robar tu sueño y, aunque sé que no quieres ni leerme, que no abrirás siquiera este correo, que no responderás, seguiré escribiendo. No importa si no respondes; estoy preparada para entrar en el infierno de tu silencio. A partir de hoy voy a escribirte todos los días hasta que pueda volver a respirar.

Voy a escribirte todos los días para cobrarte el adiós que no me diste mirándome a los ojos; voy a escribirte todos los días y tú me vas a soñar todas las noches, hasta que no puedas respirar.

La tarde que encontré tu recado de despedida tuve un ataque de pánico. Me llené de adrenalina, de miedo a la muerte; me temblaron las piernas, me empapé de sudor y la casa se volvió negra. «Regreso tarde», escribiste.

Cómo he masticado esas dos únicas palabras que te mereció nuestra despedida.

«Regreso tarde». ¿Eso es lo único que tu amor por mí te dictó para que lo pusieras en ese papel?

La tarde que encontré tu ausencia se me olvidó mi nombre detrás de la puerta, se me olvidó mi cuerpo. Te llamé una y otra y otra y otra vez; salí a correr con furia pero no pude calmarme.

«No hemos vivido suficiente tiempo para saber si seremos el único amor en la vida del otro», me decías. Voy a repetírtelo: el amor no cabe en el tiempo. ¿Algún día lo entenderás? Me diste tus años en este juego de pareja y yo te di mi alma.

Ahora el cuerpo no me obedece, ¿sabes? No tengo hambre. Qué miserables son los días sin sentir hambre ni deseo, y aunque mis dedos te busquen y a veces me toque con una compulsión penosa, me acaricio y llego al llanto, nunca al orgasmo. Te maldigo por eso, porque te llevaste mi hambre y mis orgasmos. Tú, maldito seas.

También me exiliaste de la mitad de la cama. No puedo estar ahí sin respetar reverencialmente tu lado; no me acuesto nunca de tu lado. Y duermo cada vez menos. Me estoy convirtiendo en un animal; algunas noches me acuesto en la alfombra; otras en un sillón o en el pasillo del baño; no importa dónde, donde el cansancio me detenga, nunca el sueño.

Así que esto es lo que queda, lo que soy ahora: sin hambre, sin placer, sin cuerpo, sin cama, sin ti.

Me mataste; soy el muerto que llevarás en tus espaldas.

Te escribiré mañana y después de mañana y después de mañana.

No lo olvides.

Te amo,
Dalia

A veces me cuesta creer que soy yo quien escribe esto para mandarlo al vacío, para torturarme sola preguntándome si lees mis correos, para seguir en el encierro de mi precario universo de persona triturada. Tal parece que estoy destinada a la desintegración; nunca he podido ni podré sentirme una. Aunque miento, me sentía una contigo como si estuviéramos unidos por una maldición endémica. Cada vez me convenzo más de que el amor es una maldición, es la única enseñanza útil con la que nadie nos alecciona.

Desde este dolor agudo, desde esta punzada que nos unió siempre, que nos definió contra las normas, desde aquí te invoco: ¿dónde estás, mi amor? ¿Cómo puedes sobrevivir sin mí? ¿Qué puedo hacer para que vuelvas, Adrián?

Desde que te fuiste me he pasado los días dando explicaciones, inventando historias que no resulten perturbadoras para las buenas conciencias, pero ya me cansé. Nadie entiende por qué estoy tan deprimida, ¿qué van a entender si no solo tienen vidas ordinarias sino también relaciones ordinarias?

Me siento tan enojada con todos que me gustaría gritarles lo que está pasando porque no les creo que no lo sepan, que no se hayan dado cuenta en tantos años de lo que ha ocurrido entre tú y yo, pero no lo hago porque no quiero que me miren como si estuviera enferma y que te reciban mal cuando regreses.

Los amigos y la familia tendrían que aprender a querer sin cuestionar, pero sé que pido demasiado. Claudia, por ejemplo, con su mundito de algodón pagado por su marido, ¿qué le hace pensar que su vida es mejor que la mía? ¿Cómo se atreve a mirarme con esa superioridad moral de esposa modelo? Es una histérica girando alrededor de sí misma, igual que yo, pero ella se compró el disfraz ganador de la fiesta de disfraces: esposo exitoso, hija inteligente y familia ejemplar. Y yo le sirvo de contraste: hermana retorcida, vida desperdiciada, adicta ególatra, loca desahuciada.

Soy injusta con ella, lo sé, pero es que hoy ha sido un día horrible. Lo único que espero es que sea más tarde para tratar de dormir un par de horas en el sofá mientras oigo la televisión: su zumbido me tranquiliza durante la noche.

Odio los días en que tengo que obligarme a funcionar pero lo hago por ti, por si vuelves, por si un día quieres regresar; para que sepas que aún soy tu refugio. Así que mañana me voy a levantar y voy a terminar la crónica para enviarla a la revista, aunque tenga que beber dos litros de café con brandy para mantenerme despierta y articular tres o cuatro párrafos legibles. No entiendo por qué todavía me toleran y me pagan, es un milagro. O tal vez el milagro es que yo aún esté viva.

Dalia piensa en Adrián. Piensa en él insistentemente, obsesivamente; él es su primer y último pensamiento del día. Sabe que no debería, pero hoy como ayer, como cada mañana del último mes, toma su teléfono celular y repasa una y otra vez los mensajes de texto que aún guarda, lee cada palabra, revisa el día y la hora; trata de buscar un significado oculto, una clave secreta, un código implícito, algo que le explique su repentina desaparición.

Está anclada a su mitad de la cama; su delgadísimo cuerpo apenas hunde el colchón, pero ella siente que su humanidad es de piedra, una roca pesada y húmeda que echa raíces y la arraiga al subsuelo; la oscuridad de su melena y de su espíritu contrastan con su piel pálida, con las sábanas claras y las paredes blanquísimas de la habitación.

Llora en silencio un llanto que quema, que va mojando su rostro, la almohada, las sábanas. Y de pronto surge un recuerdo: los ojos negros y brillantes como dos escarabajos con que Adrián debería estar mirándola desde la otra mitad de la cama, acariciándole la barbilla prominente, acomodándole el pelo detrás de las orejas para hacerla enojar, dibujando el trazo de sus cejas bien definidas con las puntas de los dedos, diciéndole: «Te amo, loquita». Entonces las lágrimas se tornan violentas, duelen a muerte.

Y es que no puede vivir sin él porque lo ama, porque es su compañero de toda la vida, porque desde niños eran inseparables, y por más que ella intentó mirar con amor a otros hombres no pudo sentir nunca la tormenta de emociones que él le provocó desde que se escondían en los rincones de la casa o de la escuela para tocarse, para besarse, para contarse las cosas que habían visto o imaginado; porque está incompleta sin él y él está incompleto sin ella, porque desde que él se fue se siente más huérfana de lo que se sintió cuando murieron sus padres.

El teléfono suena; la pantalla dice: «Claudia».

Se da la vuelta en la cama; no tiene ganas de hablar con su hermana, de escuchar interrogatorios ni juicios velados con apariencia de sermones curativos. El sonido se detiene, pero de inmediato las vibraciones que anuncian un mensaje de texto hacen bailar al aparato sobre el buró: «Hermanita, contesta. No estés enojada conmigo, no te voy a regañar, quiero saber cómo va todo y si ya tienes planes para Navidad».

Y otra vez el *ring-ring*.

Dalia sabe que si no contesta en un par de días se aparecerá su hermana con actitud de «pasaba por aquí», así que muy a su pesar toma el teléfono.

—Hola.

—Hola, Dalita, ¿cómo estás?

—No me digas Dalita.

—Estás de mal humor.

—Ya vas a empezar.

—¡No, no, perdóname! No cuelgues. ¿Cómo vas?

—Bien, hoy tengo que terminar la crónica del viaje a India para mandarlo a la revista. Voy a trabajar todo el día.

—¡Qué bueno! ¿Quieres que pase a dejarte algo de comer?

—No, gracias.

—¿Estás comiendo bien?

—Sí, normal.

—¿Te hace falta algo?

—No.

—¿Necesitas hacer alguna compra, algún trámite? Puedo mandarte al chofer de José Manuel, no me cuesta nada.

—No, en serio, estoy bien.

—Bueno, te dejo para que trabajes, pero piensa lo de Navidad. Si quieres te llamo mañana que ya estés libre de tu entrega y platicamos, ¿sí?

—Ok, adiós.

—Adiós. Te quiero.

Y de nuevo el desasosiego. Imagina a Claudia conteniéndose para no preguntar por Adrián, para no confirmar si son ciertas las sospechas que tiene sobre la relación anormal de sus hermanos menores.

Vuelve a sentirse sola, inadecuada y patológica pero con la dosis mínima de rabia para levantarse de la cama y ponerse a trabajar. Así que decide emprender la proeza: recoge su abundante melena negra en una coleta mal hecha, se talla los inmensos ojos que parecen aún más grandes de tan hundidos en su adelgazado rostro y se mete en unos *jeans* que cubren las poquísimas curvas que le quedan. Encima de la piyama se pone un suéter que le queda gigante pero que la protege del frío, y camina descalza hasta la cocina para poner la cafetera.

En efecto, Claudia arranca un hilo del sofá para no preguntar. Y ha destrozado la cutícula de sus uñas recién pulidas en el *manicure* para no soltar el llanto al escuchar la voz apagada de su hermana. Sabe que sufre y se siente responsable. Lamenta no estar más cerca de ella, pero la vida quiso que así fuera porque tener una hermana diez años menor asegura un abismo de distancia insalvable, y aunque le pesa haber estado tan ausente cuando Dalia y Adrián eran unos niños, piensa que ella libraba sus propias batallas adolescentes sobrellevando del mejor modo posible sus crisis de entonces y la muerte de sus padres; sobreviviendo con el único propósito de escapar a la asfixiante responsabilidad de tener que comportarse como la adulta a cargo de ese caos que tenía por familia.

II

«Doctor Mario Alcántara. Psiquiatra. Psicoterapeuta. Especialista en Trastornos del Sueño». Las letras de la fina tipografía en relieve brillan en la tarjeta de presentación a la que Mario da vueltas entre sus dedos.

Se detiene, deja la tarjeta sobre el escritorio, se quita los lentes de pasta gruesa y se talla los ojos con fruición; experimenta un extraño placer al hacerlo, y lo repite con frecuencia a lo largo del día. Está cansado pero su energía es implacable; se levanta a pesar del dolor en la rodilla derecha que parece no haberse recuperado nunca al cien por ciento después de aquella cirugía de tendones. Cada vez que el piquete se presenta siente ganas de ponerse los tenis y salir a correr. Sonríe; conoce bien los trucos de su cerebro entrenado y aun así no puede evitarlos.

Mira a través de la ventana de su impresionante consultorio en el piso 18 de la Torre del Ángel en Reforma, y piensa en Magdalena. Es su paciente desde hace doce años; le tiene cariño; la encuentra testaruda pero entrañable. Piensa en la ternura que le provoca su vulnerabilidad disfrazada de hembra indomable; piensa en lo difícil que es para una mujer como ella conquistar el territorio de su calma.

Constantemente frenética, sobreexcitada, eufórica, como si con esa actitud de vitalidad desbordante pudiera conjurar la vejez inevitable que la acecha. Y sin embargo, hay algo tan honesto y púber en ella que conmueve: el regocijo burbujeante, la manera inconsciente en que relata sus encuentros sexuales como si se tratara de meras travesuras, de inocentes juegos sin consecuencias.

«Furor uterino o ninfomanía», piensa Mario. Y se pregunta si aún tendrá validez enunciar semejantes diagnósticos anquilosados, medicina freudiana, pensamientos victorianos que poco o nada tienen que ver con las mujeres que él conoce y reconoce todos los días en su consultorio y en su casa.

Un pensamiento triste, un tanto amargo, ensombrece su rostro de mirada inteligente; ahora la vulnerabilidad es suya: recuerda a Ángela, su mujer, y a su hija, Tania, de quienes se siente cada vez más ajeno, más distante.

Qué ridículo privilegio conocer el entramado de otros seres humanos y no el de los que ama, y qué obcecado se sabe cuando decide no cambiar, no detenerse. Tal vez sea que, como le ha dicho tantas veces su mujer, de lo único que está enamorado es de esa profesión paradójica y casi malsana; de la fantasía de entender y acercar a la salud a otros a costa de sí mismo.

Pero hace mucho que renunció a plantearse siquiera la posibilidad de cambiar de forma de vida; cada vez que intentó proyectarse viviendo de otra manera, cerrando el consultorio, la clínica entera, dejando las conferencias y los libros, pero —sobre todo— dejando a sus pacientes, concluyó que su existencia sería miserable. Lo siente por su hija, por haberla entregado al territorio de la madre, por no ser un referente para ella más que de ausencia y brumosa identidad.

Sus cavilaciones son interrumpidas por el sonido del timbre que anuncia la llegada de Magdalena.

Le pide a Irene, su asistente, que espere un minuto antes de hacerla pasar para poder entrar al baño; mira su rostro anguloso, esa piel morena que parece diseñada para ocultar los años, esa mirada aguda que no se sabe si es de dureza o de profundidad. Vuelve a frotarse los ojos como para inyectarse vigor o un nuevo tren de pensamiento; se lava las manos, se peina pasándose las palmas mojadas por el cabello completamente invadido por las canas y sale recompuesto. Se dirige con su energía característica y su cuerpo largo y atlético hacia la puerta.

—Mario, ¿cómo estás?

—Yo soy el que tiene que preguntar eso, ¿te acuerdas?

La primera carcajada del encuentro es estimulante para los dos. Ella se sienta en el sillón verde que a veces encuentra más reconfortante que cualquier rincón de su propia casa y coloca su gran bolsa sobre las piernas; saca el teléfono como hace siempre con intención de quitarle el sonido y se queda con el aparato en la mano, frotándolo como si quisiera hacer aparecer al genio de la lámpara maravillosa.

—¿Qué te preocupa?

—Todo, como de costumbre, pero hoy un viaje en puerta; me estoy volviendo una vieja maniática que no se puede subir a un avión sin preocupaciones.

—Te estás volviendo una vieja maniática…

—Sí, ya sé que estoy exagerando, pero cada vez que oigo la palabra *viaje* me duele la panza. Nada más pensar en las noches en las habitaciones de hotel y se me pudre el ánimo.

—¿Qué es lo que te asusta?

—Saberme lejos de todo y de todos, dormir sola, y tener la certeza de que nadie me espera a mi regreso.

—Te espera tu vida, tu trabajo, tu madre.

—Ni me la recuerdes que estos últimos días la quiero matar.

Después de la segunda carcajada comienza a desahogarse en serio. Sin rodeos, con una mezcla de enojo, repulsión, resentimiento y tristeza enlista una vez más todo lo que desprecia de su madre. Desde su manera de hablar aniñada haciéndose la inocente o la sorprendida, con ese timbre agudo de falsa aristócrata o falsa mujer doliente, hasta sus quejas, el olor de sus cremas corporales, su peinado extravagante, su discurso resentido contra los hombres, sus afirmaciones constantes de que todos son brutos, traidores, mentirosos y chatos.

—Y que después de semejantes declaraciones pregunte por qué no tengo un marido, me dan ganas de contestarle que no tengo un marido por ella, porque me condenó a eso cuando decidió no tener más hijos y repetirme todos los días de mi vida que mi padre era un ser detestable.

—¿Y qué le contestas?

—Nada, me quedo callada o le pido que deje de decir tonterías.

—Eso es agresivo, decirle a tu madre que dice tonterías.

—También es agresivo lo que ella hace, lo que ella hizo conmigo toda la vida.

—¿Qué hizo contigo?

—Devorarme. No tengo un esposo porque mi esposo es ella o yo soy el suyo, ya no sé.

—Eso sería como declarar que tú no puedes tomar decisiones. Pero, vamos a ver, dejemos de analizar a tu madre. ¿Estás saliendo con alguien en este momento, hay alguien que te interese de verdad?

La respuesta es no. Repasa sus últimos encuentros sexuales y, por más que intenta elaborar un discurso diferente, no puede evitarlo: todos los hombres le parecen poca cosa, y en su discurso desgrana un rosario de manías por el que los filtra uno a uno. No tolera que usen los pantalones con el largo equivocado o mal combinados con los calcetines: al apenas mirarlos les proyecta un corte de pelo distinto y un cambio de estilo radical; le enoja que tengan barriga o se estén quedando calvos. No le gusta que sean ignorantes pero tampoco los quiere demasiado intelectuales porque son incapaces de sobrellevar las responsabilidades ordinarias de la existencia. Desde la primera cita calcula cuánto ganan y se siente obligada a ocultar sus ingresos para, argumenta, no castrarlos. Se queja de los que temen al compromiso, pero cuando alguno da señales de estar dispuesto a ir más allá con ella sale corriendo de inmediato porque no soporta las expresiones de enamoramiento que le parecen un signo de debilidad. Si son sensibles, los encuentra pusilánimes, y si no lo son, le parecen machistas.

—Pues tienes razón, el panorama es terrible porque el hombre que tú quieres no existe en ninguna coordenada del universo. Estás persiguiendo una fantasía de perfección absolutamente inviable.

—Pero si yo me esfuerzo tanto para verme bien y estar bien a mis cincuenta, ¿por qué los hombres no pueden hacer lo mismo?

—Porque los hombres no tienen que hacer lo mismo que tú ni pensar como tú, ¿te parece razón suficiente? Mira, sé que no te gusta que te diga esto pero tengo que hacerlo porque a eso has venido: le compraste el discurso a tu madre.

Silencio. Se jala la falda y se reacomoda en su silla, abre la boca pero luego hace su típica mueca para callar: aprieta los labios y resopla por la nariz al tiempo que inclina la cabeza. Mario lo nota. A pesar de tanto tiempo de conocerse, ella aún no tolera esa pequeña sonrisa de Mario después de un *touché* como el que acaba de asestarle.

—¿Cuánto tiempo queda?

—Pues…

—¿Me puedes dar la receta del ansiolítico para Barcelona?

—Sí, vamos a seguir con Xanax, pero será una dosis mínima. Y ya sabes que si estando allá tienes una crisis, puedes llamarme.

Se despiden con un abrazo. Sale agitada, incómoda; por un instante parece haberse despojado del traje de emperatriz con el que anda por la vida. Aborda el ascensor sintiendo que el estremecimiento del vientre se transforma en un peso metálico en el pecho, y bajo la intensa luz cenital del elevador sus años se hacen presentes de un modo rotundo. Se mira en el espejo y ya no encuentra a la reina legendaria que inspira a los hombres para ir a la batalla; frente a ella ve el reflejo de un ser humano cansado, asustado. Sus rasgos, beneficiados por la mezcla genética de una madre mexicana y un padre francés, también envejecen. Se nota en las finas arrugas alrededor de los ojos y en el entrecejo, en las curvas profundas que enmarcan la comisura de sus labios; las pecas y pequeñas verrugas que van poblando poco a poco su cuello parece que también se han asomado a saludar. Gira para darle la espalda al espejo y queda frente al cristal del elevador que le muestra la espectacular vista del Paseo de la Reforma. Sin duda, ese sí fue diseñado para que una emperatriz caminara sobre él. Suspira, sonríe. Ella siempre sonríe: se prometió hacerlo desde que era una niña y padecía un día tras otro el veneno de la amargura de su madre. No sabe si es su mayor vicio o su mayor virtud; no sabe si reírse de todo le curará el alma o terminará de volverla loca; no sabe si reírse de todo es un rasgo de una personalidad maniaca, pero no puede evitarlo.

El trayecto le pareció eterno; del piso 18 al *lobby* el tiempo se ha condensado y la relatividad se ha hecho más presente que nunca: ella luce menos fresca y lozana que una ciudad que existe desde hace más de cinco siglos. Y en el tránsito panorámico de un minuto incorporó a su entendimiento una verdad casi poética: el tiempo es Dios y es implacable. Este pensamiento la perturba, pero al salir del edificio y pararse en la calle el sol ámbar de la tarde de otoño le inflama el espíritu de ganas y repentinamente está contenta pensando que la vida es maravillosa. Esos saltos de ánimo casi esquizoides en ella son tan poderosos que le levantan el espíritu como si fueran un remedio mágico.

El Audi está esperando, se acerca y hace una señal a Martín para que baje la ventanilla.

—Voy a caminar y me voy a tomar una copa en la 20, estoy muy cerca.

—Como usted diga, señorita. Por aquí la espero, cuando esté lista me avisa.

—Gracias, Martín. Yo te llamo o te mando un mensaje.

Martín se queda viéndola como quien mira a una diosa, es decir, mirando sin ver; sin atreverse del todo a escudriñarla, a examinarla. Aunque lo ha intrigado desde que comenzó a trabajar para ella pues no termina de entender bien quién es esa mujer y de qué está hecha, le tiene una lealtad y gratitud inquebrantables, de modo que se limita a mantenerse atento a su paso, con el motor del auto y su alerta interior encendidos para cuidarla, para desplazarse cuando y donde ella lo necesite.

Los jueves por la tarde la cantina 20 está semivacía, solo cuatro o cinco mesas están ocupadas, en su mayoría por mujeres. Magdalena tiene la inexplicable cualidad de crear un halo de vida alrededor suyo, como si pudiera comprimir en el centro de su ser la vitalidad que a otros les falta y luego fuera capaz de ir soltándola despacio, dejándola emanar de sí como el vapor que sale de una fina válvula de escape.

Está habituada a que la miren cuando llega a cualquier lugar, a que todos volteen y distraída o intencionalmente terminen posando los ojos en ella. Y es que esa mueca de sonrisa que no desaparece de su rostro es un imán desconcertante para los otros, incluso, o sobre todo, para las demás mujeres que le dedican atentas miradas de desprecio y escanean cada parte de su cuerpo, cada prenda de su atuendo, cada ángulo de su rostro. Está acostumbrada: cuando era niña destacaba porque se veía diferente, cuando era adolescente porque su belleza era ineludible y cuando se divorció porque se convirtió en la soltera incómoda de todas las reuniones y fiestas; por más que sus amigas se empeñaran en negarlo, Magdalena les resultaba peligrosa, y encontraban la forma de hacerle saber que sus novios o maridos estaban bien delimitados como propiedades ajenas. De manera que una y otra vez, desde que ella era muy pequeña, la soledad y el protagonismo se volvieron sus compañeros inseparables.

Toma un lugar en la barra como quien toma posesión de un territorio nuevo, esgrime portentosa su sonrisa amplia y directa y no necesita siquiera levantar la voz o la mano, el *bartender* se acerca y ella pide una copa de vino tinto.

Entonces, como le sucede habitualmente, con el primer trago vuelve a sentirse de seda, vuelve a sentir cómo el animal que la habita se despereza, y lo que antes fuera dolor en el pecho y luego punzada en el vientre desciende para convertirse en un tironcito agudo que llama desde la entrepierna.

Federica camina con un andar masculino, elástico y sensual que resulta tan perfecto en ella que pareciera ensayado, pero no es así. El pelo castaño de un largo imposible y peinado de cualquier manera enmarca su rostro llamativo, los pómulos prominentes, los ojos un tanto felinos, tal vez demasiado rasgados, y la boca diminuta y enrojecida, como si estuviera a punto de sangrar o en estado afiebrado. Una hermosura difícil de resistir, llena de esa juventud lúbrica que envuelve la adolescencia.

Carlota no puede evitarlo: la sigue con la mirada y contiene su admiración, siente tal amor que le resulta difícil incubar algún virus de envidia hacia ella. Cada vez que Federica se acerca, el corazón se le acelera, las manos se le ponen frías pero los nervios le inducen una extraña lucidez y despliega toda su inteligencia, como si se tratara de un espectáculo de magia bien montado. Levanta apenas la mano para que su amiga ubique la mesa en la que está esperando.

—¿Quieres tomar algo?

— Sí, un americano, *porfa*.

—¿Y comer algo?

— *Nop*.

Delante de la taza de café humeante, Federica enarca las cejas a modo de pregunta y mira directamente a los ojos de su amiga, que de inmediato responde:

—Solo espero que no mate a la mensajera, su majestad.

—No aseguro nada, no estoy dispuesta a tolerar los desacatos si la mensajera se pone muy pendeja.

—Pero su majestad, es pésima estrategia no mostrarse reina indulgente, magnánima y generosa.

— Ya, no te hubiera dado cuerda. ¿Qué descubriste? Te juro que puedo resistirlo.

Saca su teléfono y muestra la foto del grafiti en la puerta del baño de hombres.

—Supongo que *sorra* con *s* es una categoría muy superior, si fueras *zorra* con *z* entonces sí estarías jodida.

—No mamen, ¿y neta creen que eso me ofende?

—Pues sí, recuerda sus criterios de *Homo erectus* recién evolucionado a *Homo rompehímenes*.

— ¿Sabes qué?, ya no me importa.

—Yo había pensado la venganza perfecta. Además, obvio, fue el ardido de Alex porque no quisiste darle un beso.

—Sí, pero no me importa, lo digo en serio, tengo algo mejor que contarte.

— ¿Qué es?, te prometo no matar a la mensajera.

—Estoy saliendo con Julián.

A Carlota se le hunde el suelo pero simula alegría, curiosidad genuina.

— ¿Pero cuándo empezaron? ¿Por qué no me habías contado?

—Porque no tengo que contarte todo.

— ¿Y qué? ¿Estás enamorada o es una calentura adolescente?

—Las dos cosas.

—¿Qué tal besa?

—Increíble, con lengua, mordiditas y todo.

—¿Lo sabe alguien más?

—No, solo tú, pero no tarda en enterarse la escuela entera. Quiero pedirte un favor, bueno, dos.

—Dime.

—Lo voy a ver hoy en la tarde en el ensayo de teatro. Ayer me propuso que nos quedemos después de que se hayan ido los demás. En los camerinos hay unas camitas plegables.

—Eres una caliente.

—Tú también, la diferencia es que no tienes con quién coger.

—Gracias por recordármelo; bueno, ¿y qué quieres que haga?

—Primero, que te inscribas al grupo de teatro y, luego, que nos hagas el paro y te quedes vigilando cuando todos se hayan ido.

—¿Y yo qué gano con eso?

—Ay, ándale, lo del grupo te va a gustar, estamos montando a Shakespeare. Cada vez que el maestro tira rollos pienso que estarías fascinada y hasta lo corregirías. Eres una *nerd*, a ti te gustan esas cosas más que a cualquiera.

—Sí, pero en el grupo de teatro exclusivamente hay subnormales convencidos de que son tan guapos que merecen ser contemplados en un escenario. No sé ni por qué tú estás ahí.

—Por subnormal. Culera.

—Perdón, está bien, pero lo hago solo porque te quiero, espero que lo valores.

—Va, yo te hago el paro luego con lo que necesites.

—Tengo que avisarle a mi mamá que me quedo al grupo de teatro porque luego le entra la *neura*. Hoy regresa mi papá de uno de sus viajes de trabajo y eso la pone mal.

—¿Por qué la pone mal que tu papá regrese?

—Porque es una celosa psicópata. Vive pensando que mi papá le miente y que regresa de coger con otras mujeres en viajes paradisiacos que él disfraza de convenciones de oficina. Ya sabes.

—Bueno, si quieres yo llamo a tu mamá y finjo entusiasmo escolar por la obra de teatro y así la dejamos tranquila.

—¿Entusiasmo escolar? No eres una zorra pero sí una profesional del chantaje. Chale. Yo no sé ni por qué soy tu amiga.

—Porque me quieres.

—Bueno, ya dije que sí. A mi mamá yo la llamo. ¿A qué hora empieza el ensayo?

—A las cinco, ¿ahí te veo?

—Sí.

Carlota se queda con el corazón destrozado; esperaba que el rumbo de ese encuentro fuera otro; se sentía feliz de poder mostrarle a Federica algo que solo ella tenía; guardaba la secreta esperanza de que tal revelación fuera una manera de estar más ligada a su amiga.

El golpe fatal fue escuchar que Federica se dispone a tener un encuentro sexual con Julián; se siente traicionada por partida doble.

En un arrebato de rabia marca el número de su casa motivada por la idea de pelear con su mamá para desahogarse.

—¿Hola?

—¡Hola, *pa*! ¿Adelantaste tu vuelo?

—Hola, mi sol. Sí, ¿a qué hora llegas hoy?

—Tengo un ensayo; entré al grupo de teatro y creo que salgo como a las, no sé, como a las siete.

—¿Quieres que vaya por ti?

—No, gracias *pa*, te veo en la casa. ¿Tú le avisas a mi mamá, *porfa*?

—Sí, yo le digo. Te quiero, solecito.

A Claudia le lastima la complicidad injusta entre su hija y José Manuel; se siente excluida, como se sintió siempre frente a la relación entre sus hermanos: espectadora de la vida de los otros, nunca protagonista de ninguna historia, de ningún desacato o desobediencia, nunca más allá del plano más liso de la existencia.

Cíclicamente aparece en ella esa necesidad de sentir el peso, la gravidez de una vida llena de sucesos, y entonces aborrece sus mañanas como madre eficiente y sus noches como esposa funcional pero por dentro tan destartalada, arañando el precipicio de la depresión. Y esos celos imposibles que parecen haberse reproducido como una plaga por todo su cuerpo, que le arden en las manos en las horas de insomnio. Está convencida como de su propio nombre de que su marido tiene una amante.

Y se debate entre ser buena, comprensiva y cuidadosa, el rol que aparentemente la vida le asignó, o transformarse en la mujer que se le antoje: hacer gala de un egoísmo que los sorprenda a todos, ignorar a su hermana y dejarla que se hunda en la locura que ella misma eligió, mandar al demonio a su marido y conseguirse un departamento para vivir ella sola y como se le antoje. La fantasía termina ahí, la detiene como un dique inmenso su hija; pensar en ella la debilita, la abruma, la hace sentirse responsable, desorientada, triste y furibunda.

—¿Sabes que tu solecito tiene insomnio o no has salido de la ensoñación de tus vacaciones sexuales?

—No me ha dicho nada, ¿cómo que tiene insomnio?

—¿Cómo te va a decir algo si nunca estás?

—Por favor, no tengo ganas de discutir, estoy muy cansado. Me interesa mi hija tanto como a ti, por favor, dime qué está pasando.

—Pregúntale a ella, a ver si es cierto que se tienen tanta confianza.

—¿Cómo puedes utilizarla para pelear conmigo?

—Ahora soy yo la mala de la historia. En verdad, tu egoísmo no tiene límites.

—No tengo ganas de pelear. Por favor, cálmate y hablemos de la niña. ¿Qué le pasa? ¿Te ha dicho algo?

—Nunca me dice nada, a pesar de que yo siempre estoy aquí y tú te largas con tus putas por semanas enteras.

José Manuel se levanta sin decir más, atraviesa con pasos iracundos la estancia; su esposa camina detrás de él sin dejar de reclamar, pidiéndole que no se vaya, culpándolo de todo, sintiéndose ansiosa, frenética. Una sola pregunta le roe los órganos, los pensamientos.

—¿Estabas con tu puta en ese viaje, verdad?

Recibe por respuesta el sonido del motor; su marido arranca la camioneta y sale de la cochera con la prisa de quien quiere escapar de un edificio a punto de derrumbarse.

CARLOTA

Me viene bien eso de quedarme a cuidar a la dictadora de Federica porque todo apunta a que en casa hoy tendremos una pésima noche. Es así cuando mi papá llega de sus viajes y mi mamá le cae encima con sus reclamos.

Cuanto más me acerco a la edad de mis padres más los compadezco y menos los entiendo, me cae. ¿Por qué se empeñan en seguir juntos si no pueden ni sostener una conversación? Eso de que lo hacen por mí es el pretexto cavernario más mamarracho de todos. ¿Yo qué? Ni modo que si se separan a mí se me vaya a desplomar el mundo, digo, tengo dieciséis años, no cuatro. Se supone que a esta edad mi psique está más o menos bien formada y puedo tolerar el divorcio sin entrar en una crisis de identidad. *Psyche,* qué palabra más chingona, así, en latín.

Me fascinan las expresiones en latín. Por mí echaría a todos los asnos del salón y me quedaría sola con la maestra en la clase de Etimologías Grecolatinas: es lo máximo eso de recorrer el origen y la historia de las palabras, entender por qué ahora hablamos de esta manera. Por supuesto que soy la única que se lo toma en serio, los estrechos mentales que me rodean cuentan los minutos para que se acabe la clase. Hoy en la mañana los estuve examinando y me pregunté si alguna vez les pasará por la cabeza la preocupación sobre qué quieren hacer cuando tengan veinte o treinta años, y me lo pregunté porque obviamente me doy cuenta de que si lo que me gusta es la literatura, el latín y el teatro, pues estoy jodida. Quiero decir que no me imagino que mi vecina, la rubia perfecta, sea doctora en Lingüística, historiadora del arte o poeta.

Aunque en realidad qué me importa. Eso de tener un chofer en la puerta y un par de zapatos para cada día como una especie de Barbie todo incluido me parece medio *creepy*, un poquito repulsivo, la verdad, o por lo menos sospechoso. ¿Será eso a lo que aspiraban las precursoras de la lucha feminista?

Es que teniendo a la rubia como espécimen único de observación, no termino de entender por qué eso de la mujer ejecutiva ultramoderna y autosuficiente está tan sobrevalorado.

III

CLAUDIA

$\mathbf{M}$e había prometido no volver a hacerlo, ¿pero cómo evitarlo? Escuché cuando su celular vibró y noté cómo él lo ojeó rápidamente. Mañana en la mañana tendrá un imprevisto que lo sacará de la casa. Justo como hace rato; ni explicaciones da. ¿Verá a la misma del viaje o será otra? ¿Qué le dicen para tenerlo así? ¡¿Qué?!

Y ahí, en su buró, está la respuesta. Si no reviso el teléfono de JM no podré dormir. A veces me imagino la película de mi vida y me siento tan abochornada. Si con ese material me mandaran al Juicio Final sería juzgada como la mujer más miserable de la historia de la humanidad.

Espero a escuchar sus ronquidos para estar segura de que duerme y entonces me levanto despacio; con mucho sigilo rodeo la cama a gatas para llegar hasta su buró y tomar su teléfono. El recorrido me parece eterno; tengo que controlar la respiración a pesar de que la taquicardia perfora mi interior. A veces me detengo a mitad del camino, precisamente cuando estoy a la altura de los pies de la cama porque JM se mueve o deja de roncar y entonces siento que me voy a morir presa de un ataque de pánico si despierta y me descubre. Y ahí congelada en esa postura humillante y deshonrosa, me debato entre ser sensata y la necesidad de saber de una vez por todas si me engaña.

¡Qué vergüenza! Mis callos no son por cocinar o podar el jardín; no, queridas damas de la beneficencia, son por andar a cuatro patas rebajándome porque no puedo controlar mis celos. Pero mejor la vergüenza que la noche en vela y la incertidumbre.

Con las manos sudorosas y las mejillas encendidas continúo; mi corazón acelerado casi estalla hasta que por fin alcanzo mi objetivo. La peor parte es estirar la mano para tomar el celular del buró, apenas a unos treinta centímetros del rostro de JM, porque equivale a disparar el gatillo sin que tiemble el pulso y sin titubeos que podrían ser fatales. Creo que tengo el temple de una asesina a sueldo porque aunque por dentro albergue un *tsunami* removiéndome las entrañas, soy capaz de hacer un movimiento clínico y preciso para levantar el teléfono y desplazarme hacia la puerta de la habitación caminando de reversa y ocultando la mano en mi espalda sin perder de vista a mi marido por si despierta.

Entonces salgo y me encierro en el baño de abajo y, como adicta ansiosa, reviso todos los mensajes de texto, las llamadas que entraron, las que él hizo, las que no tomó, reviso la lista de contactos, sus correos electrónicos: todo. Mi desesperación es tal que tengo que controlar el temblor imparable de mis manos y a veces hasta de mis piernas; siento cómo se me seca la boca y cómo mi presión se va elevando. Ahí, encerrada en el baño y secándome el sudor de las manos contra los muslos, se me ocurre que no hay familia más deteriorada que la mía. Porque a veces escucho a mi hija cuando enciende la luz de la cocina y abre la puerta del refrigerador o rasga las envolturas de las bolsas de galletas, y entonces siento que de verdad me voy a volver loca, siento ganas de gritar, de tener un brote psicótico y despertarlos a todos, de salir corriendo y no regresar nunca.

El remate de mi bobo melodrama es que nunca encuentro nada en el teléfono de JM, nunca; ningún correo de una mujer sospechosa, ningún mensaje raro, ningún intercambio con sus amigos donde hablen de algo revelador. Solo están mis llamadas, las de la oficina, las de sus papás, los mensajes de Carlota. He memorizado números sin contacto para marcarlos después y todos son de empresas, servicios o bancos; nada relevante.

Me quedo en el baño con la luz apagada durante una hora, sentada en el piso, todavía empeñada en que hay algo pero que JM se asegura de borrar todo rastro, y vuelvo a repasar los mensajes, las llamadas, los contactos. Cómo quisiera encontrar una salida de emergencia para escapar de esta vida, de este virus que me consume.

Al final pienso en mi hija, en estar lista para llevarla a la escuela en la mañana y me controlo, me lavo la cara con agua helada para deshincharme, me unto sueros y cremas en los párpados y regreso a la cama sintiéndome peor: agotada, despreciable, ingenua, deshidratada y más sola que nunca. Y él sigue durmiendo como tronco debido a las pastillas que no dejará de tomar jamás.

Qué atrapada me siento. Mis años dorados se esfumaron en un suspiro; desde que nació Carlota todo ha sido estar acompañada pero sola; nadie te dice que un hijo puede aniquilar tu relación de pareja; nadie te dice que tener una familia puede convertirte en una esclava que vive para otros y que no tiene la menor idea de qué hacer consigo misma si no es sirviendo a los demás. ¿Cómo hará el resto para sobrevivir a esta gran mentira? Las otras mamás que llevan a sus hijos a la escuela tienen una mirada de resignación que no soporto, ¿o será que yo soy más estúpida y disfuncional que ellas? No puedo creer que en los desayunos del Consejo de Padres estén todas tan radiantes y contentas. Me doy cuenta de su amargura cuando aparecen los maridos, los pocos que se presentan, y ellas de inmediato se transforman en un reclamo andante. Así me veo yo en cuanto JM se asoma, supongo.

A la mejor estoy deprimida. No sé si hubiera sido mejor tomar el mismo camino que mi hermana Dalia; al menos no tiene que cumplir roles delante de marido o hijo alguno; después de todo tiene permiso de ser tan excéntrica como le dé la gana, que para eso eligió la vida que eligió; además, siempre tuvo a Adrián como cómplice. Lo que daría yo por tener un cómplice, alguien para hablar de esto que siento, alguien con quien pudiera construir un universo aparte.

Tal vez el verdadero amor se reduce a eso: a encontrar al cómplice de tu vida. Y el cómplice de tu vida no es precisamente tu marido; yo siento que vivo con un extraño.

Qué pequeñita me siento. No sé para qué estudié Biología si iba a terminar atrapada en esto. Creo que estamos todos encerrados en una cárcel; una familia de prisioneros, eso es lo que somos.

Tengo que salir a respirar o me voy a volver loca. Dios mío, qué va a ser de mí.

MAGDALENA

¿Cómo le dices a un tipo que no te acuerdas de su nombre cuando te pide que se lo repitas mientras te penetra? ¿Cómo le dices a un hombre que te pone de malas su manera de hablar, su simpleza? ¿Cómo le dices a un hombre que no eres su amor y que, por piedad, no te llame así?

Cuando era niña imaginaba mi futuro y veía a una mujer exitosa, independiente, liberal y liberada, con casa propia, autos propios, jefa de muchos, pelo largo, escote abismal, senos perfectos. Todo lo conseguí, hasta las suculentas e insensibles tetas de silicón: no siento nada cuando me tocan. Vaya ironía que es ponerse unos implantes de senos para erotizar a otros y luego no sentir más que dos pelotas de plástico infiltradas en la piel. Sin duda, el cuerpo también puede jugar sus bromas ácidas. Ya ni siquiera puedo considerarme basura orgánica cien por ciento biodegradable, ahora también contengo desechos sintéticos.

Soy mi mejor chiste, y cuánto me alegro, porque si no decantara en sarcasmos mi virulencia, moriría envenenada con mi propia ponzoña. ¡Si me oyera mi madre! «No seas tóxica», me decía cuando no soportaba mi sentido del humor cáustico. Que se pudra.

Estoy convencida de que cuando pensamos en el futuro lo diseñamos, lo invocamos. Yo, por ejemplo, nunca vi a un hombre en mi futuro, la gran mujer que dibujaba en mis fantasías estaba sola; no había espacio para colgarle de una chichi a un hijo y de la otra a un marido.

Pero no calculé que al convertirme en superchica me iba a convertir también en este trapo amoroso confeccionado con los parches y retazos que los hombres han ido dejando en mi vida. En mi paquete de futuro tampoco contemplaba esta puta ansiedad de mierda ni esta tristeza sorda, esta dura sensación de no pertenecer a nadie.

Y si miro hacia adelante sé que ya no lo lograré: ya estoy tan hecha por y para mí misma que tendría que retroceder veinte años para convertirme en la mujer de alguien. Se me va la vida buscando candidatos y lo cierto es que Mario tiene razón, al final todos me resultan repugnantes. Todos, este también.

Cómo aborrezco cuando los hombres se regodean en su simpleza: «Soy de los que prefieren las tetas al culo», me dijo el grandísimo pendejo. Y me puso de pésimo humor. ¿Qué les hará pensar que escuchar eso es estimulante? Encima esperan que una se moje por completo y se monte en una calentura animal, porque así lo habrán leído en sus rústicas revistas para hombres. Todo lo contrario: dan ganas de echarlos de la cama de un empujón y activar el botón tragaimbéciles como en la cursi película de Eliseo Subiela que tanto le gusta a mi madre.

Así que el tipo se agarró de mis pechos e intentó penetrarme por atrás mientras me pedía que le repitiera su nombre. Y hay noches que una no está de temperamento para complacer, sobre todo después de escuchar semejantes declaraciones bovinas. Durante cinco nanosegundos traté de recordar cómo se llamaba pero luego pensé que si él me había reducido a un par de chichis, tampoco se merecía demasiadas atenciones.

Me zafé despacio del intento de coito; me di la vuelta; me alejé lo suficiente para no estar en posición de ser sometida corporalmente porque con los hombres nunca se sabe, si se ponen agresivos y tratan de obligarte es difícil que ganes la batalla; siempre son más grandes y más fuertes, en especial en mi caso, que para colmo no me gustan los chiquitos enclenques que ni volviendo a nacer o tomando suplementos proteínicos alcanzarán mayor talla. Así que me paré delante del señor cualquier nombre y le dije con voz de actriz porno:

—No me acuerdo.

Puso cara de retoño inocente, como hacen todos cuando se les agarra desprevenidos y con la verga enhiesta como mástil de barco pero cubierta de látex. Estaba bien provisto el aldeano; eso sí, me gustan las vergas gruesas más que las largas, es más fácil que la fricción con un miembro así permita llegar al orgasmo. Si el dueño del miembro no resulta un reverendo imbécil, claro.

Mientras él salía del pasmo por mi respuesta, caminé fingiendo que me masturbaba; hace rato que entendí que para escapar de un cabrón con una erección a tope la estrategia no es confrontar porque te pones en riesgo; lo mejor es pretender que la sesión seguirá, sugerir que planeas un juego erótico interesante. Me senté en el sofá donde había tirado mi ropa, abrí las piernas y me metí el dedo hasta el fondo; entonces le pedí que me trajera unos hielos. En cuanto se fue a buscarlos a la cocina de su departamento, cuya decoración a lo Mauricio Garcés desde luego también sacó de esas revistas para orientar zoquetes campiranos con aspiraciones de hombre de mundo, me vestí.

Cuando regresó yo estaba por cerrar la puerta de salida. Todavía me di el lujo de bromear:

—Mis tetas y yo nos vamos.

Martín apareció en tres minutos y me subí al coche sin saber muy bien si quería soltar la risa o el llanto. Qué mal me siento después de estos encuentros fallidos.

Qué sola estoy, carajo.

Claudia se sienta en uno de los camastros del *roof garden*. A esa hora de la madrugada la ciudad está tan tranquila que le parece que respira un aire bucólico y no el de las Lomas de Chapultepec. Le gusta subir ahí porque se despeja, aunque luego le resulte más difícil o imposible conciliar el sueño. Mientras levanta la cara hacia el cielo trata de hacer planes, pero no lo consigue. Se le ocurren disparates como regresar a la escuela y estudiar una maestría o conseguir un empleo; irse de viaje sola o pedirle a su hermana que le permita acompañarla en alguna de las expediciones que hace para las crónicas de la revista; conseguir un amante para descubrir de una vez por todas si está negada para el sexo o es José Manuel el que le impide disfrutar de su cuerpo y, como siempre, concluye que la culpa de todo la tiene su marido y siente crecer dentro de ella un resentimiento mortífero hacia él.

Es en ese punto donde se atasca con sus proyectos, no atina a seguir ningún camino; no se siente capaz de nada, y eso la frustra. Llora, siente un vértigo repentino, empieza a hiperventilar y el llanto se hace más intenso.

Magdalena aparece con una copa de tinto en una mano y un cigarro en la otra y con un gesto agrio descubre que el *roof garden* no está solo. La vergüenza y las ganas de ahogarse inundan a Claudia cuando nota que la recién llegada la mira; no puede controlarse y llora y tiembla como si su cuerpo no le perteneciera.

Por primera vez desde que son vecinas, las dos mujeres están una delante de la otra, solas, a las tres de la mañana y sin manera de ocultar sus respectivas fisuras.

«Ambas caras de la luna están jodidas», piensa Magdalena, «con familia y sin familia hay granadas de soledad que estallan en la mano sin aviso previo». Da la vuelta con intención de regresar a su departamento pero escucha la respiración angustiosa de la mujer que está dejando a sus espaldas y se detiene. Siente compasión y ternura por ella, la solidaridad legítima de quien ha pasado por túneles similares. Se le acerca y le pone encima el *foulard* que lleva en el cuello, se sienta a su lado y, sin decir nada, la abraza como si fuera una hija o una hermana menor en crisis. También ella siente ganas de saltar a las lágrimas pero no cede: el alcohol y el Xanax le ayudan a inhibir esos brotes de tristeza.

Sin notarlo comienzan a mecerse ancladas en ese abrazo. Luego de un rato comprende que Claudia sufre un ataque de pánico como los que ella misma ha vivido y, con experiencia, como si hubiera nacido para ello, sigue el protocolo clínico para tranquilizarla.

—Cierra la boca, trata de respirar por la nariz. No te va a pasar nada. Cálmate, vamos a hacerlo juntas; inhalamos contando hasta cuatro y exhalamos contando hasta seis. ¿Estás lista? Inhala: uno, dos, tres cuatro. Y suelta: uno, dos, tres, cuatro. Otra vez, despacito…

Claudia se deja hacer; obedece las indicaciones como si fuera un niñita y, efectivamente, a la quinta repetición ya se siente más tranquila; los dientes dejan de castañear y recupera la capacidad de hablar.

—Gracias, perdón.

—Shhh, no digas nada, sigue respirando, de todas formas ya arruinaste mi momento favorito del día.

—Perdón, no sabía.

—Estoy bromeando, tonta. ¿Cómo te llamas?

—Claudia. Tú eres Magdalena.

—¿Cómo sabes?

—Porque don Raúl y tu chofer repiten tu nombre como si hablaran de la Virgen de Guadalupe.

Magdalena suelta una risa estruendosa; Claudia sonríe un poco y siente la necesidad de contarle su vida y sus angustias pero se controla; solo se aventura a preguntar:

—¿Tú también tienes insomnio?

—Pues sí, yo también; es una chingadera porque, por ejemplo, mañana voy directo de la oficina al aeropuerto y ando como narcotizada todo el tiempo con el cambio de horario.

—No parece, te ves tan bonita, tan entera.

—Es mi especialidad, guapa, fingir que yo inventé la entereza. ¿Y tú qué, siempre estás despierta a esta hora?

—Casi siempre.

—¿Y qué te preocupa? ¿Tienes algún problema de salud?

—No, bueno sí: yo creo que de los nervios. Y tengo problemas con mi marido.

—Es el bien peinadito de la camioneta negra, ¿verdad?

—Sí, ese.

—¿Y cuál es el lío?

—Me da pena.

—Está bien, no me cuentes. ¿La chavita del corte de pelo raro es tu hija, no?

—Sí, se llama Carlota.

—Ponla a dieta o cuando llegue a mi edad va a ser una ballena y la va a pasar mal.

Silencio.

—Perdona, es que estoy acostumbrada a decir lo que pienso y más cuando nadie me calla, así que cállame si quieres que me detenga.

—No, está bien; a mí lo que me hace falta es que alguien me diga las cosas.

—Deberías ir a una terapia.

—¿Tú vas a una?

—Uf, yo empecé a ir a terapia desde que tenía veinticinco años; no todo se resuelve, pero hay cosas que mejoran de un modo que nunca imaginaste.

Claudia se ilumina. No se le había ocurrido la posibilidad pero de pronto siente como si los dioses le hablaran.

—Creo que sí me gustaría; también podría llevar a mi hija.

—Te doy los datos de mi terapeuta, si quieres. Él te dirá después de una primera entrevista si te puede ayudar o te canaliza con otra persona. Acompáñame a mi departamento y te los paso, no subí el teléfono.

CARLOTA

¿Por qué es tan importante dejar de ser virgen? Como si coger fuera el evento más importante de la existencia humana. Qué decepción con Federica. No la entiendo: a veces parece una mujer brillante y luego se comporta igual de elemental que las otras señoritas hormonas. Son insufribles cuando no dejan de hablar de besos, pitos y metidas de dedo. Ah, y de la pastilla del día siguiente, porque las muy retrógradas no se toman el tiempo de colocarle un condón a su *güey* en el momento que deberían. Parecen vacas mareadas después de que se tragan la susodicha pastilla. Neta, no le veo el caso de pasar semejantes torturas solo por la calentura de coger. Sin contar con sus depilaciones brutales en piernas, brazos, área del bikini y hasta el ano. Están locas. Luego vienen con la piel lacerada como si tuvieran sarcoma y se les van las horas haciendo el recuento de todos sus sufrimientos: desde el dolor de la primera vez hasta la náusea y la hinchazón en los pezones después de la dosis equina de hormonas que toman para evitar el embarazo. Y encima se reconocen enamoradas de cualquier tarado que les manda un *whatsapp* con un cursi emoticón y una frase de declaración amorosa que contiene faltas de ortografía; tarado que resulta ser el mismo disminuido psíquico que les rompió el himen del modo más inepto y en menos de dos minutos se vino dentro de ellas sin condón, y que además tiene la espalda llena de granos asquerosos propios de la adolescencia.

O sea: o son idiotas o están muy desequilibradas porque cómo tienen éxito con ellas los vándalos *rompehímenes*, que es como les llamo yo. Un *rompehímenes* se reconoce con apenas mirarlo: camina en pasarela y portando una sandía imaginaria debajo de cada brazo, echando la pelvis hacia delante como si le pesara el breve bulto que constituyen sus tristes bolas, escroto y pene; fanfarronea todo el tiempo y su cortedad neuronal en clase es desquiciante.

Pero vuelven locas a las chicas. A todas se les va la vida cuando alguno de estos bufones atolondrados las elige como presa. *Zombis enamoradizas contra zombis rompehímenes*, estaría chingón diseñar un juego así. Ja.

El caso es que se ponen como gallinas trastornadas con su cantaleta de la primera vez o con su «no me ha bajado». Yo me río cuando las escucho, pero con Federica sí me da coraje porque la quiero y porque solo confirma mi teoría de que el amor transforma a los santos en asesinos y a los superdotados en imbéciles. Las personas se vuelven otras, generalmente para peor. Y me da más coraje conmigo, pero estas son las cosas que hace una por amor, por amistad, quiero decir. Pues ahí tienen a su pendeja en el grupo de teatro. Llego y me instalo en las butacas, como dijo el maestro Fabián, que es uno de esos *chavorrucos* buena onda, alivianado, culto, *forever* y que por supuesto se está quedando calvo; pero me cayó bien, es chido. Además, se nota que ha leído y habla sin muletillas; ya con eso casi alcanza la categoría de héroe para mí.

Yo trato de manejar el bajo perfil, no me gusta que me pongan demasiada atención porque de inmediato empiezo a pensar en mi asquerosa barriga y en mis descomunales melones, que son como dos semáforos en rojo a los que la gente no puede quitarles los ojos de encima.

Descomunal es otra de mis palabras favoritas; casi nadie la usa, supongo que únicamente forma parte del vocabulario de los intensos como yo.

En realidad estoy frita por todos los frentes con este horrible cuerpo. Es que las tetas son la carta de presentación; siempre están saludando frontalmente a todo interlocutor y no hay forma de evitarlo, ni modo de llegar a hacer la presentación de espaldas. Así que yo podría decir: «Hola, somos los enormes senos talla 36c de Carlota, tanto gusto», y todo sería mucho más honesto porque no soy ciega ni retrasada para no darme cuenta de que eso es lo único que la gente ve cuando llego. Pero no lo hago, obvio; entonces mis saludos son patéticos; llego escondiendo la mirada, con las mejillas encendidas como *anime* japonés y jorobándome porque estas pelotas pesan y porque lo único que quiero es que desaparezcan. Fatal.

Y si me va mal con las presentaciones y los saludos, se pone peor la chingadera con las despedidas porque no tengo nalgas, así que cuando me doy la vuelta camino de lo más incómoda, con la seguridad de saber lo que están sintiendo quienes me miran mientras me alejo, que no puede ser otra cosa que compasión o burla. Obviamente prefiero lo segundo; me caga que me compadezcan, no lo soporto.

Bueno, me siento y Fabián saca su juego de copias de *Otelo* supermaltratadas y me pregunta: «¿Sabes quién es Shakespeare?». Pongo mi mejor cara de estudiante promedio y digo que sí. No le voy a tirar todo mi rollo de fanática porque corro el riesgo de que me manden al psicólogo, así de jodida está la cosa si no eres como la mayoría y te interesas más en el teatro isabelino que en coger: te consideran depresiva. Solo me permití regresarle sus copias y decirle que podía descargar *Otelo* en mi tableta electrónica para que él pudiera seguir con las anotaciones de su pergamino ancestral. Creo que me agradeció el gesto porque se tomó medio minuto para mirarme y decirme que al final del ensayo me hablaría de los personajes que aún no tenía asignados. Ni en drogas ni oligofrénica: no me voy a trepar a un escenario por más que adore a Federica, no me voy a exponer ni para hacer de la sombra del mensajero. A ver luego cómo le explico al tal Fabián que no quiero ser parte del elenco.

Oligofrénica, ¿no es lo máximo esa palabra? Me encantaría que me diagnosticaran así para tenerla como parte de mis atributos. Obvio no.

Y que comienza el ensayo con la primera escena: para morirse, o al menos quedarse catatónica. Este parvulario de calenturientos no sabe ni leer de forma continua una línea de cuatro palabras; una verdadera bazofia. Yo creo que sus madres no tomaron ácido fólico durante el embarazo, o que ya de plano le transfirieron uno de sus dos hemisferios cerebrales al *smartphone*. Además, se hacen los chistositos cada vez que se equivocan y se les va el tiempo más en bromear que en concentrarse en el texto.

Un desfile de fantoches negados para el teatro tal y como lo preví: tartamudos, disléxicos, lentos… En fin, un infame asesinato contra el gran Shakespeare, y la tarada de Federica asomándose desde atrás del telón y haciéndome señas de lela. Debo reconocer que solo ella y Julián funcionan en el montaje: él se concentra, se sabe su texto, como que sí le apasiona. Y bueno, a Federica todo le sale bien; hasta esto. Además, son guapos los dos; obvio: él es Otelo. Con esa piel color aceituna y su pelo negrísimo era lógico que le dieran el protagónico. Y ella es tan bonita que hacer de bonita es el papel de su vida.

Yo babeaba contemplando su hermosura cuando me llegó un *whats* de ella en el que me pedía que al final del ensayo distrajera a Fabián, y no se me ocurrió otra cosa que acercarme a preguntarle lo de los personajes pendientes que me había mencionado al principio.

Se me quedó mirando de arriba abajo. Dioses, ¡qué tortura! Odio que me vean con detenimiento. Mi cabeza dice sí, pechugotas; sí, barriga; sí, corte de pelo emo; sí soy rara y fea y no voy a satisfacer tu curiosidad morbosa. Pero no me muevo un milímetro, solo agacho un poco el rostro.

Tragedia es mi segundo nombre, me cae.

Ayúdame, Shakespeare.

Fabián buscó en su morral de *neohippie* un libro. Eran poemas de Allen Ginsberg y señaló uno y me pidió que lo leyera en voz alta. Me estremecí desde la primera línea y lo leí de un tirón, sin trastabillar, como si de mi boca brotara agua y no palabras:

> *El peso del mundo*
> *es el amor.*
> *Bajo la carga*
>   *de la soledad,*
> *bajo la carga*
>   *de la insatisfacción*
>
> *el peso,*
> *el peso que cargamos*
> *es el amor.*
>
> *¿Quién puede negarlo?*
> *En sueños*
> *él toca*
>   *el cuerpo,*
> *en el pensamiento*
>   *construye*
> *un milagro,*
>   *en la imaginación*
> *angustias*
> *hasta que nace*

en ser humano —
mira fuera del corazón
ardiendo con pureza —
porque la carga de la vida
es el amor,

Leyó esta parte conmigo y sentí que me mareaba escuchando nuestras voces juntas:

pero cargamos el peso
fatigosamente
y así debemos descansar
en los brazos del amor
finalmente,
debemos descansar en los brazos
del amor.

Fabián se detuvo; yo también.

Se quedó mirándome de nuevo pero esta vez como si hubiera visto un ovni y me preguntó: «¿Y tú quién eres y dónde estabas?».

¿Cómo que quién soy y dónde estaba? ¿Qué clase de pregunta irrespetuosa era esa? La gente no debería atreverse a formularla con tal impunidad si no está dispuesta a escuchar una respuesta honesta. Yo pienso.

A ver, ¿qué hubiera hecho si le digo que soy Carlota pero que odio mi nombre porque odio casi todo de mí: mi cuerpo, a mis padres, mi trastorno alimenticio?

¿Qué hubiera hecho si le digo que estaba sentada en las butacas durante el ensayo porque soy el elemento distractor para que los cogelones protagonistas de su montaje puedan fornicar a gusto? La gente es tonta; todos los días de mi vida lo confirmo, y además grosera, no debería hacer ese tipo de preguntas pero las hace.

Claro que no respondí nada. Fabián me dijo que era la primera vez que escuchaba a alguien leer tan bien en esta escuela de niñitos consentidos y que iba a pensar con detenimiento qué personaje asignarme y salió del teatro.

Me quedé flotando por el poema, porque no sabía que leyendo poesía en voz alta se puede sentir que se te revuelven las entrañas y porque creo que nunca había recibido un cumplido desde que estoy aquí.

Luego me concentré en mi rol de vigía. Me aseguré de que no quedara nadie, cerré la puerta y me fui a la fila más lejana del escenario para no escuchar a Federica y a Julián; qué asco.

Sentí hambre por primera vez en el día después del atracón de la noche anterior; busqué en la mochila el *lunch* que me había puesto mi mamá y encontré un sándwich de pechuga de pavo, un recipiente con uvas y una barrita de amaranto; tuve ganas de vomitar pero me contuve y me juré, una vez más, que dejaría los atracones compulsivos.

La voz de Fabián no ha dejado de resonar en mí.

DALIA

19 DE NOVIEMBRE DE 2014

Los caballos.

¿Has visto llorar a un caballo? Pues así mi pecho, con cien caballos llorando ahí dentro.

Sé que estás cansado, que no quieres saber ni hablar, pero yo quiero que sepas y quiero que odies las palabras porque tú me las robaste. Me exiliaste del hermoso silencio en el que vivía. Tú, siempre tú.

En mis planes no estaba enamorarme de ti, pero es que el amor no se planea, Adrián. Y tú llegaste a la vida para mí porque yo llegué a la vida para ti, te estaba esperando desde que nací, ¿lo sabes?

Claudia me ha repetido hasta el cansancio esa historia que tanto le gustaba contar a mi madre: antes de que tú nacieras yo le suplicaba por un hermanito, hablaba contigo, jugaba contigo, te hacía un espacio en mi cama, te contaba entre mis juegos, en mi vida. No tuve un amigo imaginario, te tuve a ti desde antes de que existieras y desde que llegaste a mi vida no hago nada que no sea por ti.

Si había decidido ponerle un alto a esto fue por ti. Decidí cultivar mis perlas en silencio y entregar el cuerpo a otros hombres para curarme de ti, pero también para que tú supieras que la puerta estaba abierta, que podías irte cuando quisieras, que no podía verte sufrir más. Pero teníamos un trato que tú no respetaste: lo haríamos todo de frente, sin mentir, sin engañar, sin insultar al otro ocultándole la verdad. Yo lo cumplí y fui honesta contigo porque te amo.

Recuerdo el primer encuentro en el que decidí guardar silencio. Se llamaba Ernesto o Alejandro o no importa. Los hombres suelen preguntar: «¿Te gustó?». Qué pregunta tan insensible, tan sosa.

Si supieran que las mujeres no siempre buscamos el sexo por gusto o por placer, al menos yo no. Yo buscaba olvidar, llenarme de otros olores, de otras pieles, aprender a repetir otros nombres, aprender a amar como el resto. Yo buscaba sentirme correcta y adecuada; si el sexo con ellos me gustaba o no era lo de menos. Pero ante el silencio insisten, entonces vienen otra clase de preguntas como si estás bien o si quieres que se vayan.

Repetí la fórmula algunas veces y me distraje observando las reacciones de los convidados al silencio. Unos se ponían nerviosos, otros hacían dibujos, señas; los mejores se quedaban a disfrutar conmigo de las notas blancas.

Y esos fueron los únicos días en que no estuve contigo pero no te traicioné. Me alejé porque tú me lo pediste.

He perdido seis kilos; no me importa, ya no soy yo; mi cuerpo me está dejando vacía; la piel que tanto disfruté contigo también me abandona.

Yo era un caballo contigo, uno hermoso, dueño de sí, de su fuerza, de su resistencia, con un corazón capaz de bombear toda la sangre de la Tierra. Con los otros amantes fui solo un cuerpo mudo.

Tú y yo fuimos caballos con los ojos húmedos y los cuerpos como templos, como gladiadores. Después de un amor así no hay más relaciones posibles porque todas son tan poca cosa, remedos insultantes, copias borrosas, presencias *pequeñísimas. No importa cuánto dura la vida, mi amor, lo que importa es cuánto dura la fuerza para sentirnos vivos. Y a mí me está abandonando porque sin ti no soy.*

¿Cómo puedes seguir viviendo sin mí? ¿Cómo puedes respirar si no es estando conmigo? ¿Qué te hizo abandonarme en este silencio? Yo no te traicioné nunca.

Háblame, corazón. Dime sí o no, dime luna, dime loca, di mi nombre. Háblame, corazón. Devuélveme la existencia o pídeme que muera pero necesito saber si estás vivo.

Cabálgame, mi amor, no sé a dónde ir si tú no me señalas la ruta.

Sigo escribiéndote, no puedo ni quiero evitarlo.

Me voy a vaciar este cáncer de amor hablándote; voy a vaciar todos estos malditos recuerdos sobre ti; las memorias de cada vivencia; las de ese último viaje que me están matando.

Montamos caballos, camellos y elefantes en esa travesía a la India. «*Incredible India for incredible couple*», nos decía el chofer que se nos volvió inseparable, ¿te acuerdas? ¿Cuántos años tendría ese hombre? ¿Sesenta, doscientos? «Mira el contraste de su piel polvosa con el brillo de sus ojos», me dijiste. Y por eso te amo como no amaré a nadie, Adrián; estoy enamorada de ti y de tu manera de verlo todo; el único mundo que puedo habitar es el que diseñamos juntos.

Hicimos ese viaje *for good karma*, para dejar la coca, para beber menos, para ver si estando lejos nos sentíamos menos pecadores y viles, menos exiliados, menos perversos.

Mi amor, si supieras que sin ti no tengo ánimo ni para meterme una línea.

Pero el alcohol me ayuda a dormir; no podrás reprochármelo si ya no tengo tus brazos para conciliar el sueño.

Teníamos dinero; los dos habíamos estado trabajando como máquinas: yo comprometí tantos textos como pude con la revista y tú tomaste todas las cuentas que pudiste en la agencia. Me sentía tan poderosa cuando nos miraba enteros, funcionales, productivos. Ya podían tragarse toda la psicología y las religiones los negros vaticinios y las amenazas cósmicas contra el incesto.

Tú y yo no podemos ser si no somos juntos, ¿es tan difícil entender eso?

¿Por qué hay que pagar con la vida por un amor en desacato?

Nunca fui tan feliz como entonces, contemplando tu hermoso rostro en medio de ese mar de gente, tu rostro delineado contra esos palacios que no caben en sí mismos de tanta belleza. Nos sentíamos libres; nos besábamos en las calles, en los restaurantes; caminábamos tomados de la mano; nos registramos como esposos en todos los hoteles; hicimos el amor como si el sol habitara en nuestros sexos; durante ese viaje fuimos todos los amantes felices de la historia. Fuimos, durante esos días que no puedo dejar de evocar, todo lo bueno de la vida.

Veo tu pelo revuelto, tu bellísima cara de niño asombrado cuando miraste por el balcón de la habitación de ese hotel que parecía un espejismo y me dijiste: «Señora, su elefante la espera en la cochera». Te veo y se hunde el universo entero delante de mis ojos.

Who's gonna ride your wild horses? sonó durante varias mañanas en mi cabeza hasta que comenzaste a tararearla, ¿te acuerdas? Porque nos adivinábamos el pensamiento y nos resonaban las mismas canciones dentro, esas canciones de *rock* que me enseñaste a cantar, a gritar. Porque sentíamos los mismos impulsos, los mismos deseos, la misma sed y la misma hambre. Porque hay personas que nacieron una, pero tú y yo nacimos dos.

Nada podrá robarme esos días; los tengo en la punta de los dedos y en la punta de la nariz. Allá descubrimos que el olfato es el tercer ojo y nos hundimos en nuestros sudores picantes, en nuestros sudores con acento de cúrcuma, penetrantes y cálidos; destilamos nuestros cuerpos con notas de *curry* y ajo. Recordar tu piel junto a la mía me hiere la nariz, el paladar, el sexo.

Tomamos una resolución estimulados por tanta vida, por el vértigo de sabernos en ese paréntesis sin límites y nos casamos en aquel ritual memorable. Nos sentíamos tan plenos, ¿la felicidad justifica la soberbia, las transgresiones? Desde que te fuiste no he dejado de mirar la única foto que nos hicieron ese día: ahí estoy con mi ajuar de novia, ese sari deslumbrante de un rojo encarnado que parecía que estaba a punto de convertirse en líquido y salpicarnos a todos con su masacre brillante, y tú junto a mí, con esa cara de niño que no puedo dejar de extrañar como quien extraña su patria completa. Tu rostro pegado al mío, tu sonrisa amplia y dolorosa, tu piyama elegante.

«*You look like brother and sister, the same eyes*», nos dijo el hombre de la cámara. Se nos congeló la lengua.

Cometimos muchos errores, sí, pero juntos podemos enmendarlos.

No, no es esto lo que cuento para la revista. Entregué una crónica apropiada con nombres de ciudades, costo del boleto, recomendaciones culinarias, datos y juicios confiables de una persona informada y viajera sistemática. Con referencias inevitables a Octavio Paz, a la flor de cempasúchil, al picante, la relación con la muerte tan peculiar en India como en México.

Escribí sobre ese viaje como cualquier turista que hace un escrutinio de mapas, precios e itinerarios. No te imaginas el desprecio que siento por esos textos hipócritas y diplomáticos que entrego y que ellos aplauden como si fueran perlas cultivadas en el fondo del océano.

Y siempre quieren más y yo los odio; es una tortura escuchar: «Tienes talento, deberías escribir más», y sentir que lo único que quieres es morirte o arrancarte la cabeza para no pensar.

Pero aquí estoy, trabajando para que vuelvas y encuentres conmigo un lugar donde estar sin preocuparte por nada.

Vuelve, seré tu madriguera como antes, vuelve, porque estar juntos es nuestro destino, porque no somos héroes ni santos, vuelve porque sí, *for good karma*, por amor.

Vuelve, Adrián.

Martín tiene el hábito de llevar encendido el radio del auto a un volumen apenas audible, es su manera de mostrar respeto por su jefa, de dejar constancia de su humildad, de que no se asume más que un hombre de servicio. Aun así ella alcanza a detectar la voz de Javier Solís cantando: «Y sin embargo tus ojos azules, azul que tienen el cielo y el mar, viven cerrados para mí sin ver que estoy aquí, perdido, en mi soledad. Sombras nada más...».

Esa era la canción que le cantaba Daniel, su exesposo, el hombre con quien tuvo la única relación sólida y duradera de su vida. Mira por la ventanilla del auto la serpiente de asfalto que recorre camino al aeropuerto y siente cómo la nostalgia se va apoderando de su cuerpo. ¿Será feliz Daniel en su matrimonio?

«Un gran tipo», piensa. Hay hombres que aun cuando ya no están contigo siguen siendo un bálsamo al pensar en ellos; hombres a los que se les invoca siempre con cariño, aunque desde luego la ausencia los va cincelando en el recuerdo hasta que parecen perfectos. A pesar de ello no se le escapa que la relación con Daniel terminó por pura vanidad y torpeza suyas.

Otra vez el teléfono. Martín apaga el radio; lo hace cada vez que ella va a tomar una llamada.

—No tengo ganas de contestar, Martín.

—Es que no pueden vivir sin usted en la oficina, señorita.

—Y como no pueden vivir sin mí, no me dejan vivir a mí tampoco.

Se ríen. Ella decide tomar la llamada. La voz de Liliana recitando la lista interminable de pendientes transforma su nostalgia en ganas de mandar todo al demonio.

—Hazme un favor, corazón. Llámame en una hora, cuando ya haya hecho el *check-in* en el aeropuerto y esté en el salón Premier, delante de mi computadora y de una copa de vino. ¿De acuerdo?

—Sí, como quieras, es que me pediste que te llamara a esta hora.

—Ya sé, pero en este momento es complicado que revise el reporte de ventas, el archivo tarda mucho en descargarse porque la señal es muy mala. Lo reviso al rato y te digo qué tienes que hacer.

—De acuerdo, son las cuatro; te marco a las cinco y media, ¿está bien?

—Perfecto.

—Se quita los lentes de sol, se frota las sienes, resopla despacio.

—Martín, yo creo que Liliana me odia.

—No, señorita, a usted no puede odiarla nadie.

—Claro que sí, sobre todo otra mujer que convive tanto tiempo conmigo y que tiene que hacer lo que yo le diga. Nunca subestimes el poder destructor de la convivencia cotidiana, puede acabar con cualquier tipo de admiración, cariño o simpatía. La convivencia lo devora todo, Martín, hasta los matrimonios.

—Yo convivo con usted todos los días y ya sabe cuánto la admiro y la respeto.

—Es otra cosa Martín, pero muchas gracias, eres mi ángel de la guarda.

Y esas palabras son suficientes para que él sienta deseos de pasar otros cien años trabajando para esa mujer; se permite un breve arranque de orgullo y cercanía.

—¿Y a dónde va a ir ahora, señorita?

—A Barcelona.

—¿En dónde queda?

—En España.

—Ah, con los gachupines que nos conquistaron, ¿no?

—Pues sí, es una manera de verlo. ¿Nunca has salido de México, Martín?

—No, señorita, no he tenido la oportunidad.

—Bueno, tampoco te pierdes de mucho, los seres humanos somos la misma cosa aquí y en cualquier lugar, solo que con diferente clima y diferente idioma.

—¿Y en Barcelona qué idioma hablan?

—Español como nosotros, y catalán.

—De todas formas ya le dije a mi esposa que vamos a ahorrar para irnos de viaje el año que viene.

—Cuenta conmigo para eso, Martín, yo les ayudo.

—Gracias, señorita.

El Audi entra a la terminal del aeropuerto de la Ciudad de México que parece ser la segunda casa de Magdalena. El chofer se estaciona para acompañarla y cargar el equipaje hasta dejarla en la fila para la documentación. Sonríe al pensar en que al menos durante ese trayecto ella también va acompañada de su hombre.

Luego de entregar el equipaje se encamina hacia el salón Premier para pedir una copa y esperar la llamada de Liliana pero, le es inevitable detectarlo, un moreno de alrededor de treinta años está sentado en la mesa de un restaurante camino a las puertas de acceso. Ni siquiera lo duda, entra y se sienta en la mesa contigua y de nuevo desparrama todas las burbujas de su encanto: dos meseros se apresuran a preguntarle qué se le ofrece, los comensales de una mesa cercana le sonríen… su talante de conquistadora es infalible.

—Quiero una copa de tinto, ¿me muestra la carta, por favor?

—Con mucho gusto, señorita, permítame.

—Gracias, joven.

El joven flota porque ella no dice gracias, ella sonríe el gracias de una manera tan natural, tan orgánica, imposible de ignorar.

El moreno sigue sin voltear; ella es paciente durante un par de minutos pero de pronto comienza a sentir un impulso inaplazable. Ya imaginó un par de fantasías con él: los baños del salón Premier son ideales para un encuentro rápido, feroz, de esos que la dejan con las piernas temblando o llenas de moretones luego de sostener un coito de pie contra el lavamanos y mirándose en el espejo. Para cuando llega la copa de tinto ella está húmeda, con los pezones erectos y las pupilas dilatadas.

Deja caer su bolsa provocando un ruido imposible de ignorar y luego se inclina para levantarlo; entonces él la mira.

Finge una jaqueca terrible y le pide al mesero que le consiga unas aspirinas.

—¿A dónde viajas? —pregunta el moreno.

Sin titubear un segundo, ella toma la copa y abandona su mesa, se sienta delante de él.

—Barcelona, ¿y tú?

—París.

—¿De dónde eres?

—Colombia; de pronto pensé que tú también porque no distinguía tu acento.

—No, soy mexicana.

Ya ha hecho un inventario completo: no lleva anillo de casado, lo que significa que si lo está, al menos tiene el cinismo suficiente para acceder a una experiencia de sexo casual sin futuras complicaciones ni incomodidades; huele bien, habla bien; el largo de los pantalones y el color de los calcetines son adecuados; ya le ha puesto la mano en el brazo y sintió un tono muscular que sin duda será disfrutable palpar durante el encuentro.

Luego de intercambiar dos o tres comentarios más y rozarse por debajo de la mesa, ha quedado claro cuál será el objetivo del encuentro y se alegran de compartirlo. Abandonan el restaurante en cuestión de minutos; ella lo toma del brazo y lo conduce al salón Premier con cierta urgencia.

El teléfono registra seis llamadas perdidas de Liliana, pero ella lo ignora, lo que en realidad está buscando en su bolsa es el paquete de condones. En cuanto siente el sobrecito entre los dedos, sonríe; pega la boca a la oreja de su acompañante y le dice bajito: «Quiero que me la metas hasta el fondo».

Él siente un golpe de electricidad y acelera el paso.

Delante de ellos se cruzan incontables viajeros, entre los que Magdalena distingue a algunas mujeres que caminan relajadas con sus bolsas de viaje colgadas al hombro y tomadas de la mano de su pareja. Otras llevan en la mano botellas de agua, el teléfono celular o a un hijo. Piensa que tampoco le apetece demasiado intercambiar lugar con ninguna de ellas porque en estas circunstancias se siente inevitablemente superior y su discreta sonrisa se extiende completa para convertirse de nuevo en su estandarte de conquistadora que ha ganado la batalla con un solo ataque certero.

IV

Claudia se pisa un pie con el otro mientras espera en la recepción del consultorio de Mario. No tiene idea de por dónde empezar; no sabe si le va a contar sobre su problema de inapetencia sexual, sus celos anómalos, el insomnio o el episodio de ataque de pánico que tuvo cuando conoció a Magdalena.

Siente que el pulso se le acelera: por un segundo duda si permanecer esperando a que la llamen o levantarse y salir de ahí corriendo. Siente ganas de orinar como si no lo hubiera hecho en todo el día y entra al baño por tercera ocasión en los diez minutos que lleva esperando.

Irene, la asistente de Mario, hace gala de una discreción que parecería de abolengo; es el rasgo ideal y más importante para ser asistente de un psicoterapeuta. Ella es así, amable, de formas suaves, sutiles y respetuosas que maridan perfectamente con su rostro dulce y con su figura un tanto rolliza.

—Ya puedes pasar, el doctor está listo para recibirte.

Le tiemblan las piernas, siente las manos heladas.

—Mucho gusto, los demás dicen que soy el doctor Alcántara pero yo digo que soy Mario. Siéntate, por favor.

—Gracias.

—¿En qué te puedo ayudar?

Y ella, sin darse cuenta —a través de una suerte de respuesta inevitable de su sistema nervioso autónomo, como respirar o digerir—, en lugar de hablar de sí misma se pone a relatar los problemas de su hija y de su hermana. Se esfuerza por agradarle a Mario, también como una respuesta automática porque su forma de relacionarse es así, mostrándose buena, comprensiva, dispuesta a ayudar, siendo educada.

—Déjame interrumpirte, Claudia, quien está aquí hoy eres tú. ¿Por qué te empeñas en hablarme de otras personas?

—Porque son parte de mi vida.

—Muy bien, pero si quiero hacerme un panorama de tu vida, primero necesito saber de ti, no de ellas.

—Es que no sé qué decir de mí.

—Entiendo que no estás durmiendo bien, cuéntame por qué.

Apocada y tiesa, responde:

—Porque creo que mi marido tiene una amante.

—¿Y por qué piensas eso?

—Porque regularmente está de viaje y las pocas veces que se queda en México me ignora, prefiere pasarse el día en la oficina o en la calle.

—Esas no son razones suficientes para concluir que tu marido tiene una amante.

—Me da pena hablar de esto contigo.

—¿Por qué?

—Pues no sé, porque no te conozco, porque eres hombre.

—Yo creo que acabas de mencionar las mejores razones para contármelo a mí: no me conoces y soy hombre. Si me permites agregaría que llevo más de veinte años haciendo esto y que algo entiendo de las crisis emocionales. Además, estás aquí por tu propia voluntad, ¿o no?

—Sí, claro.

—Entonces es evidente que sabes que necesitas ayuda o no habrías venido. Eso ya te clasifica en el escaso universo de personas que saben algo de sí mismas y es un gran punto de partida, ¿no te parece?

—Pues sí.

—Entonces, háblame de eso que te da pena.

—Mi marido y yo casi no tenemos contacto sexual y llevamos diecisiete años casados.

—¿A qué te refieres con «casi no»? Sé un poco más específica, por favor. Y si te sirve de consuelo, déjame empezar por decirte que más de la mitad de los matrimonios, en especial cuando el vínculo es de tantos años, no tienen contacto sexual o tienen muy poco.

—¡Más de la mitad!

—Sí, señora.

—Pues entre José Manuel y yo ocurre tres o cuatro veces al año.

—Por ejemplo ahora, ¿cuándo fue la última vez?

—Yo creo que desde junio, hace como cinco meses.

—¿Y alguna vez has intentado hablar con él?

—¿De su infidelidad o de nuestra poca actividad sexual?

—¿Notaste cómo das por hecho su infidelidad?

—Es que estoy segura, algo me lo dice.

—¿Has hablado con él de esto?

Claudia relata los episodios de reclamos violentos, las acusaciones mordaces, las persecuciones a gritos alrededor de la casa y los portazos de José Manuel con los que terminan los intentos de conversación. Le cuenta a Mario de las noches de insomnio, las revisiones del teléfono y de los bolsillos de los sacos y los pantalones, la auditoría a los estados de cuenta de las diferentes tarjetas bancarias de su marido. Y con cada detalle relatado, su imagen de esposa buena y educada se va quedando lejos. Al principio moquea con pena, y luego, con total desinhibición y desesperanza deja que se le descompongan el rostro y el peinado; se libera confesando sus delitos de celosa obsesiva.

«Una ovejita parda que se quedó en el camino de ser negra», cavila Mario. «Una oveja parda que se salió del redil pensando que se metía en él y se quedó en medio de la nada, en la intersección vacía de los conjuntos».

Se levanta y le acerca una caja de pañuelos desechables que ella ignora dejando que los mocos le escurran al parejo de las lágrimas y limpiándose cada tanto con la manga de su saco de diseñador.

Mario la deja desahogarse hasta que ella guarda silencio y lo mira como pidiendo que la interrumpa, que le diga algo para traerla de regreso del infierno pegajoso que se deduce de su relato. Que le ayude a salir de ese infierno ordinario que es la vida cotidiana, ese infierno que no tiene ningún destello teatral o perturbador y justo por eso es el más sórdido de todos.

—Nos vemos la próxima sesión, Claudia. Gracias por confiar.

Y la hermosa mujer que entró al consultorio ataviada de esposa impecable sale convertida en un ser humano desbarrancado en el abismo de sus carencias.

Mientras maneja de regreso a casa contempla en el asiento del copiloto su saco negro y su bolsa de firmas costosas, los carísimos tacones forrados de *suede* que se quitó para pisar los pedales del auto sin dañarlos, y por primera vez se plantea la relación inversamente proporcional entre el alto valor de sus objetos y la devaluación interior que siente tan cercana al cero, al vacío.

Se mira en el espejo retrovisor y ve un desastre: las manchas irregulares de rímel en su rostro parecen un Kandinsky con la devastación como motivo, y de nuevo el llanto la obliga a detener el coche.

Mira a su alrededor y se da cuenta de que la vuelta a la izquierda para tomar el camino hacia su casa se quedó atrás hace muchos semáforos. «No quiero volver», se dice. «No voy a encerrarme otra vez en esa maldita cárcel». Reconoce dónde está y ahí, sobre la lateral de Reforma, decide que se va a tomar el día. Busca el celular y le envía un mensaje de texto a su hija: «Mi amor, hoy estaré fuera todo el día, cualquier cosa, llámale a tu papá». A José Manuel no le dice nada, no hace falta, ya que está convencida de que a él no le interesa demasiado lo que haga con su tiempo.

Y, por primera vez después de casi veinte años de ser incapaz de tomar decisiones, sabe bien hacia dónde quiere ir: al zoológico de Chapultepec, el lugar donde, cuando era niña, decidió que quería ser bióloga.

Caminó un largo tramo sobre la avenida con el semblante descompuesto escondido tras los lentes de sol. Mientras se acercaba a la puerta del zoológico, el olor animal fue sacándola de su tristeza y se descubrió golpeada por una realidad que hacía mucho tiempo que no sentía. Se paseó entre puestos de frituras y dulces; junto al lago una pareja de púberes tiraba migas de pan a los patos y se reía con un estruendo implacable. Se preguntó desde cuándo ella no reía de esa manera, con tal jolgorio. Se dio cuenta de que tampoco había escuchado a su hija reír así desde que se había convertido en adolescente; sintió de nuevo un hormigueo interior.

Siguió caminando hasta llegar a la entrada del zoológico, había poca gente ese miércoles al mediodía: unos cuantos estudiantes prófugos de la preparatoria o la secundaria; algún extranjero disparando su cámara fotográfica.

Anduvo un rato sin saber bien qué dirección tomar; deambuló entre los animales del desierto; una pareja de camellos se apareaba emitiendo unos sonidos alarmantes. No pudo mirarlos más de tres segundos, pues el hecho de que el camello macho, montado sobre la hembra y de espaldas al público, se moviera rítmicamente en la penetración, la perturbó. Se sintió enojada, agredida por tanta vida; por la escena sexual entre los animales que no hacía más que mandarla directamente a la incomodidad de su apatía carnal. No dejaba de pensar en la frase del doctor Alcántara: la mitad de los matrimonios no tienen actividad sexual; un argumento lapidario para confirmar sus sospechas sobre José Manuel, porque lo que Mario no le había dicho —pensaba— era que esa estadística tendría que ir ligada a otra, la de la infidelidad.

Se alejó de los camellos y fue directamente al herpetario. Durante los años de su juventud se había obsesionado con estudiar a las serpientes y a los anfibios; al recordarlo se sintió tan vieja como si hubiera saltado de una era geológica a la otra sin darse cuenta.

Pensó en Dalia; de niña solía buscarla para que le explicara cosas de los animales y estaba convencida de que su hermana mayor lo sabía todo. De nuevo se sintió arrebatada por la culpa. Había dejado a su hermanita sin hermana grande; la había abandonado, y el interés que pagaba por esa factura era una soledad devastadora. Había sido ella quien con su ausencia rotunda había arrojado a Dalia en los brazos de Adrián, porque aunque la conmocionaba pensar en la relación de sus hermanos, y algunos días lograba, si no convencerse de que era una relación fraterna, al menos guardar sus sospechas en lo más recóndito de la inconsciencia, sabía bien lo que pasaba. Los había visto acariciarse, mirarse con un amor febril que solo se tiene cuando el deseo por el otro se alimenta en la cama. A sus hermanos les brillaban los ojos de un modo que ella nunca había vuelto a contemplar en otras parejas de enamorados.

Y por eso había decidido erigir una cortina de hierro para no ser cómplice ni testigo; para ponerse a salvo de la locura desbordante que eran los días en aquella casa donde no había padres que pusieran límites.

Por eso también había decidido no darle un hermano a Carlota. La sola idea de invocar al animal del incesto en su propia familia y con sus propios hijos la aniquilaba; así que el día mismo del nacimiento de la niña le pidió a su ginecólogo que le hiciera la ligadura de trompas.

Y tal vez también por eso sentía tanto rechazo hacia su propio erotismo y el de José Manuel, lo que no hacía más que elevar el valor de esa factura ya casi impagable: porque no se puede tener una pareja sin ser pareja y porque notaba el sufrimiento de su hija respecto de su cuerpo. Y era eso, por sobre todas las cosas, lo que la movía a querer un cambio, porque no estaba dispuesta a heredarle esa infelicidad a su hija.

Asaltada por un pensamiento y luego por otro, no lograba concentrarse en un discurso interno constante; y con las ideas revueltas venían los sentimientos revueltos. ¿Era de verdad su esposo el hijo de puta que ella se empeñaba en ver? De pie en la entrada del herpetario vino la respuesta obvia.

Una pequeña vitrina con cuatro ajolotes la mandó directamente a sus primeros años de relación.

José Manuel podía pasar horas escuchando su disertación sobre el *axólotl*, nombrado así por el dios náhuatl Xólotl y sus propiedades míticas de transformación; sobre su majestuosa metamorfosis en salamandra. Las ponencias para dos terminaban en ataques de risa cuando ella se tiraba al piso, se ponía las manos con los dedos abiertos junto a las orejas y reptando le decía: «Mira mi amor, soy un horrible renacuajo dispuesto a mutar en hermosa salamandra». Durante años la broma favorita de su marido para explorar el ánimo de su mujer había sido preguntarle cada mañana: «¿Amaneciste renacuajo o salamandra?». Y ella se reía.

Pero un día dejó de ser divertido, o al menos a ella dejó de parecérselo, y ante las respuestas cada vez más groseras o indiferentes, la pregunta finalmente despareció de los labios de él.

¿Hay algo más desolador que una mujer que pierde el sentido del humor que es la capacidad de reírse de sí misma?

No, José Manuel no era un hijo de puta, y si se había convertido en eso estaban a mano: ella se había convertido en una amargada, en un aspersor de mal humor, en una ametralladora de reclamos.

Recorrió despacio el lugar; delante de la rana azul estaba una jovencita con una credencial que la identificaba como personal del zoológico alimentando a la hermosa rana tornasolada y tomando notas en una computadora portátil.

Claudia se atrevió a preguntar:

—¿Qué haces?

—Le doy de comer porque está casi recién nacida, es como mi bebé, la amo.

—Pero es venenosa, su piel es tóxica.

—Claro, por eso tengo guantes; pero igual la amo. Mírala, ese color crepúsculo de su piel es imposible de imitar. Es mi princesa azul.

Y siguió entregada a lo suyo con una pasión envidiable. Le dio pena volver a interrumpirla. Continuó su recorrido y, de pronto, mirando a esas especies venenosas y no venenosas, de diferentes largos, colores y grosores, tuvo una revelación: «Está bien ser lo que soy», pensó, «está bien venir de donde vengo; todos cabemos: mis hermanos, mi hija, JM y yo. No tenemos por qué ocultar la piel muerta ni la lengua viperina o los diferentes grados de toxicidad. Esto es lo que somos y punto.

»Necesito recuperar a mi hermana, comunicarme con mi hija, reconocer a mi marido. No sé bien quién es JM ahora, pero no puede ser que el hombre al que tanto amé ya no exista, no puede ser que no exista en mí la mujer que antes era».

Carlota se detiene en el umbral de su habitación. Ha incubado una idea en su cabeza. Quiere estar cerca de Fabián y tiene el plan perfecto: le dirá todo lo que sabe sobre teatro isabelino, le hablará de su afición por la lectura y el latín, de su ortografía impecable, de su pavor al escenario y argumentando todo eso le pedirá ser su asistente en el montaje.

Se aleja de su habitación y se dirige a la biblioteca. Sabe bien dónde están las obras completas de Shakespeare porque las ha leído todas, pero no es eso lo que busca: el poema de Allen Ginsberg todavía rezuma en su interior; con desilusión comprueba que en la colección de sus padres no hay ningún título de ese autor.

Con un trote de caballo va a la cocina a buscar un refresco y ahí se encuentra a José Manuel; se abrazan con gusto.

—¿Cómo estás, mi solecito?

—Bien *pa*, ¿qué haces aquí tan temprano?

—Quería verte. ¿Ya comiste algo?

—El *lunch* que me puso mi mamá.

—¿Le pedimos a Rosa que nos prepare alguna delicia o se te antoja salir?

—Pues no tengo hambre, me iba a poner a leer un rato.

—Ándale, vamos a salir a cenar y luego lees.

—Está bien.

—Oye, ¿y tu mamá?

—No sé, mandó un mensaje, que llegaba tarde.

—¿Cómo que llegaba tarde, por qué?

—Ay *pa*, si no se comunican entre ustedes, yo por qué voy a saber lo que hacen. Y si quieres saber más, ¿por qué no la llamas?

—Perdón, señorita lengua larga, no vuelvo a hacer preguntas tontas. Entonces qué, ¿vamos por una pastita y un buen postre?

—Va.

Por primera vez José Manuel nota que su hija no responde con entusiasmo a la invitación, pero prefiere no decir nada para no incomodarla; su amor por ella es absoluto e incondicional y haría lo que fuera por ahorrarle cualquier sufrimiento.

Carlota piensa que hubiera preferido tirarse en su cama a *guglear* a Ginsberg y a Fabián, o buscarlo en Facebook y en Twitter; escribirle a Federica para preguntarle si estaba como vaca perdida con su píldora anticonceptiva o si había tenido la precaución de ponerse un condón; releer algunos pasajes de Shakespeare y, de nuevo, pensar en Fabián. Pero decide que lo hará cuando esté de regreso, así que se relaja y se resigna a pasar un buen rato con su padre.

A bordo de la camioneta se internan en las calles de Polanco. Durante el trayecto de Presidente Masaryk suena Michael Bublé en el radio, hasta que José Manuel lo apaga con evidente fastidio.

—¿No te gustaba el *jazz, pa*?

—Sí, el *jazz*, no un *wannabe* Frank Sinatra que se puso de moda. No lo soporto.

—Ya suenas como Dalia, todo le parece *wannabe* de algo.

—Pero a Dalia le gusta el *rock*, no el *jazz*. Y lo del tal Bublé es así, ¿no estás de acuerdo?

—Sí, es verdad.

—¿Y la has visto?

—¿A quién, a Dalia?

—Sí.

—Hace rato que no la veo. Antes nos mandábamos mensajes al teléfono pero de unos meses para acá como que está muy *neuras* y mi mamá dice que mejor no molestarla. La extraño.

—Bueno, no hay que hacer caso a todo lo que diga tu mamá. Por ejemplo, me dijo que tienes insomnio, ¿es verdad?

—Claro que no, me duermo tarde pero porque quiero. ¿De dónde sacó que tengo insomnio?

—A ver, ¿qué tan tarde te duermes?

—Como a las dos o tres de la mañana, no sé.

—¿Y a qué hora te levantas?

—Ay, *pa*, esto parece interrogatorio de delincuente juvenil.

—No te enojes, nena, dime.

—Pues a las seis y media, ya lo sabes.

—Dormir tres o cuatro horas diarias no está bien.

—No pero qué hago, no puedo dormirme antes.

—¿Quieres que intentemos algún tratamiento?

—No. No estoy mal de salud y no le hagas caso a mi mamá, ella sí tiene insomnio, por eso te lo dice.

—Ok, tranquila.

La cena dista mucho de ser un momento perfecto de promocional del día del padre. Carlota está nerviosa por el sondeo de José Manuel respecto del insomnio. Preferiría regresar a casa, encerrarse en su habitación y ocuparse de lo suyo; preferiría no comer pasta ni postre ni ningún alimento que la haga subir de peso aún más, pero tampoco tiene ganas de responder interrogatorios sobre su relación con la comida, así que finge interés cuando llegan los platos, pica un poco esperando que su papá pase por alto que en realidad no está comiendo.

José Manuel sigue intrigado con la ausencia de su mujer, no tiene la menor idea de dónde pueda estar y por qué no le avisó a él que llegaría tarde, pero se obliga a concentrarse, a comunicarse con su hija haciendo todo lo posible por no abrumarla. Nota cómo se sonroja cada vez que los meseros, de pie y desde esa perspectiva, le miran los senos con un intento de discreción que no prospera demasiado. En las otras mesas hay familias enormes, abuelos incluidos, donde la mayoría de las jovencitas son unas larvas esperpénticas comiendo lechugas.

Se siente solo y estresado, inadecuado con su hija en ese entorno, inquieto porque su teléfono manda un sinnúmero de notificaciones de correos no leídos, llamadas no atendidas, recordatorios de citas, y eso lo pone nervioso, pero hace un esfuerzo enorme por no sacarlo del saco y ponerse a atender todos los temas de trabajo pendientes para no arruinar el momento con su hija.

Desde luego percibe lo que ella hace con la comida y lanza un último intento.

—¿Segura que no quieres hablar de por qué estás durmiendo tan poco?

—Porque me metí al grupo de teatro y estoy supernerviosa con eso, ¿ya?

—Mi amor, entiendo si no quieres contarme, pero te agradecería mucho que no trates de verme la cara de tonto.

—Pues no sé, *pa*, a la mejor sí tengo insomnio porque lo heredé de mi mamá, yo qué sé.

—¿Y quieres hacer algo al respecto?

—¿Cómo qué?

La mirada desafiante de ella parece decir: ¿quieres que me atiborre de somníferos como haces tú, con el pretexto de que tienes mucho trabajo?

José Manuel se siente procesado y sentenciado a muerte; casi puede escuchar las palabras que su hija está pensando y prefiere evitar el conflicto porque las confrontaciones le desagradan sobremanera y hace cualquier cosa para evadirlas, así que decide no insistir más.

—De acuerdo, quería que supieras que cuentas conmigo y que, si algún día decides que no quieres seguir batallando con eso del insomnio, podemos ver alternativas. ¿Está bien?

—Está bien, *pa*, y vamos haciendo un acuerdo: yo no trataré de verte la cara de tonto, pero tú no me hables como si fueras orientador vocacional, qué hueva.

—Trato hecho.

José Manuel le acaricia la mejilla y ella, aunque su impulso inicial es apartarse, se queda quieta. Cuando llega el tiramisú, está conmovida por el esfuerzo de su padre y toma un par de cucharadas grandes y celebra el sabor del postre.

CARLOTA

Lo dicho: conforme voy creciendo el sentimiento de amor hacia mis padres se convierte en compasión. Qué culero suena decirlo, pero así es. Nunca fui una de esas niñas que idolatran con devoción absoluta a su mamá o a su papá, pero antes los quería diferente, no sé si más pero sí de un modo distinto, como que era más fácil amarlos cuando no me daba cuenta de lo perdidos que están. Ahora los veo y tengo ganas de agarrarlos a nalgadas, mandarlos a su sillita de pensar, como me castigaban ellos a mí cuando era niña, y pedirles que reflexionen sobre lo que están haciendo y si tiene algún sentido que sigan juntos.

¿Cómo es posible que si mi madre sale no le avise a él a dónde va y el otro tenga que preguntarme a mí? Parecen niñitos meones emberrinchados jugando a las escondidas.

Me desesperan. Mi mamá no me cae nada bien pero me preocupa. Y mi papá me cae mucho mejor que ella pero me da la impresión de que se ha vuelto un zombi de oficina como todos: amarillento, tieso, más adicto a su maldito celular que yo, y usuario recurrente de mancuernillas y mocasines. Tristísimo. Pero eso sí, le entra una llamada de la oficina y se transforma en el macho alfa mandamás de su despacho, le vibra la voz y el color le vuelve a las mejillas. Es como si tuviera un *software* que le activa y desactiva el botón de superjefe cuando se necesita.

Mi papá no era así; antes lo sentía más verdadero, más auténtico, más él mismo. Ya sé que este no es el amor filial que se espera de una amantísima hija, pero al menos mis padres no me valen pito como a la mayoría de mis compañeros a los que les es indiferente la vida de sus progenitores y no se enterarían de que su mamá tiene cáncer terminal hasta verla en el féretro. Es neta.

Yo por lo menos lo tengo claro: a mi mamá no la soporto pero la compadezco; mi papá me da tristeza y los dos me desesperan terriblemente. Pero mi mayor mérito es que me guardo mi malestar y no les digo nada, los dejo vivir sin presionar ni reclamar o armarla de pedo.

De todas formas, qué puedo hacer, allá ellos. Además, si manifiesto más interés o me involucro en sus cosas sería como firmar un pacto con el diablo porque entonces se sentirían con derecho de involucrarse en todo lo mío, y yo lo único que quiero es que me dejen en paz. Ya los veo martirizándome con sus preguntas por la comida, el peso, si tengo novio, si duermo, si ya elegí carrera, si soy consciente de mi potencial y todas esas aburridísimas frases prefabricadas que los padres sueltan del modo más torpe porque les da flojera pensar en otra estrategia para acercarse a nosotros, sus abominables hijos.

Así que por aquí las cosas no van a cambiar, a menos que alguno de los dos testarudos que tengo por honorables jefes de la tribu decida dejar de hacerse pendejo. A ver cuándo.

Hoy en la mañana amanecimos con sus gritos. Así es el código entre ellos: van de la exaltación histérica al silencio y viceversa. Griterío mientras están en la habitación y silencio monacal cuando desayunamos.

Mientras estaban en su *round* matutino vi salir a la señorita perfecta con sendos maletones. La pobre llevaba las ojeras más profundas que nunca, pero admito que hoy volví a sentir ganas de estar en su lugar; eso de los viajes de trabajo es el único elemento que me hace dudar sobre esta monserga de elegir camino para la adultez: ha de ser superchingón poder pagarte el viaje que se te antoje o que ni siquiera lo tengas que pagar porque te mandan de la oficina.

Eso sí que me gustaría: ir sola por el mundo, de aeropuerto en aeropuerto, llegar a cada país, cumplir con la tarea asignada y luego hacer cualquier cosa a voluntad. Es una variable que hay que considerar para elegir profesión: una donde viajar mucho sea parte de las responsabilidades.

Yo me dedicaría a recorrer los museos y las librerías de todas las ciudades. Qué aburrido, ya sé, pero soy *nerd*; lo último que me pasa por la cabeza es el reventón como sé que sería el primer pensamiento de Federica. Y con estas ideas nunca voy a ser la más *cool* ni la más *guay*, como dicen en las películas españolas.

Ya no voy a pensar en eso de la maldita carrera, nada más me pone ansiosa; además, todavía me queda un año para elegir a qué universidad quiero ir. No sé por qué tengo que vivir tan preocupada por todo. Quiero una dona de maple o un panqué de chocolate, quiero morder algo. Odio sentirme así porque me entran unas ganas locas de comer. Qué desesperación.

MAGDALENA

Reconozco a un infiel con los ojos cerrados, las manos atadas y la boca amordazada. Los huelo. Y soy infalible porque yo soy una infiel de cepa.

«Soy infiel porque no quiero ser tuya, ni tuya ni de nadie», eso le dije a Daniel. Y a estas alturas de mi vida no me arrepiento, aunque a veces lo extrañe.

Soy infiel porque nunca me sentí de alguien, porque mi padre me abandonó y mi madre, estando presente, también me abandonó; porque no puedo evitarlo; porque tengo pánico de asumir mi soledad.

La infidelidad es el limbo; una antesala al infierno o a la paradisiaca sala de anestesia para tres, o en el paquete todo incluido, para cuatro; o atendiendo a las leyes de probabilidad, para todos los millones de seres humanos adultos y emparejados que existen. Ya es tiempo de dejar de creer en Santa Claus, los Reyes Magos y la monogamia; ya estamos muy grandes para seguir fantaseando con semejantes niñerías.

Claro que no me siento orgullosa. La relación de mi vida se fue al carajo porque no quise ser fiel ni esforzarme para lograrlo, porque desde luego esto es una elección, una decisión consciente, precisa y certera. Siempre hay un segundo para detenerse a pensar: lo hago o no. Y yo soy de las que lo hacen, o debo decir de las que lo hacía cuando estaba casada. A veces porque sabía que no sería importante, que no traería consecuencias; otras, por puro aburrimiento. Pero debo confesar que, principalmente, lo hice porque no resistí la tentación de alimentar mi ego. Me gusta sentirme deseada; me gusta cuando un hombre me contempla con esa mirada nueva y estimulante; me gusta saber que aún puedo seducir. El poder que hace sentir eso no se parece al de ninguna droga, ni a la del trabajo adictivo.

Por eso entiendo que los hombres necesiten revalorarse por medio de una aventura: viviendo al lado de una esposa castradora y castrante lo lógico es salir a buscar una mujer que los reafirme como seres libres.

Pero el cinismo seductor no es para todos, no. Hay hombres que deberían portar un espejo en la parte interior de la corbata o en el celular y mirarse cada tanto antes de atreverse a flirtear. Como el señor almohada que se sentó junto a mí en el vuelo, qué pesadilla; esa panza esponjosa y blanda sigue estando ahí por más que la cubran con una camisa Adolfo Domínguez y mancuernillas Hermès. ¿No se dan cuenta? Y si arriba de la camisa hay un cuello con pliegues de gordura etílica, una cara rosa abotagada por el alto nivel de colesterol, triglicéridos y la presión alta, créanme: dan pena. Así que la mitad del vuelo fue un suplicio tolerando al señor carnes maceradas en *bourbon* que no dejaba de insinuarse de una y otra forma. Conozco su ABC de memoria: a) te dicen lo guapa que estás; b) te dan información de su poderío económico; c) dejan que se cuele un «mi esposa» o «mi hijo el mayor» para advertirte que son casados, como si fueras una campesina recién salida de la granja y no lo hubieras notado desde el primer minuto. Todavía remató mientras aterrizábamos: «Si te animas, podemos divertirnos y luego nada, cada quien su camino». ¿Me vio aburrida el muy estúpido?

Pero pobre, su intento por jugarse la última carta hasta me dio pena. Ya estaba más borracho que gordo cuando se quitó el cinturón de seguridad y, apenas avisaron que podíamos encender los teléfonos, le marcó a su mujer para reportarse.

Somos perros domesticados con pretensiones de bestias salvajes: al final, a todos se nos va la vida afinando la correa que nos ata; la queremos más costosa, más lujosa, más ejemplar. Y la mayor parte del tiempo estamos tentados por la idea de renunciar a ella aunque sabemos que seremos incapaces de hacerlo.

En fin, que contemplando al gordo me volvió la tristeza.

¿Por qué no hice todo lo posible por permanecer con Daniel? Me quería bien, me amaba de verdad. Y yo a él, pero no hay forma de convencer a alguien de que lo amas si eres infiel; no a alguien sano y en su cabal juicio. Bien por él que decidió no quedarse a ver la devastación de nuestro matrimonio; lo reconozco, tuvo los tamaños y la salud emocional para terminar con esto, porque fue él quien lo decidió, no yo. La verdad es que yo sabía que nuestro matrimonio estaba destinado al fracaso porque estoy tan atrofiada que no tolero a los hombres buenos y sensatos. Soy terrible, pero al menos soy capaz de admitirlo. En cambio, a esas señoras ataviadas de víctimas que se eternizan veinte, treinta, cuarenta años o toda la vida en el rol de esposa ofendida y traicionada no les creo ni los buenos días. ¿Cómo no van a saber después de veinte años quién es la persona con la que viven? Si se quedan a ocupar la silla de cornuda es porque quieren, porque para ellas hay otras prioridades. Y deberían agradecernos en lugar de despreciarnos, porque nosotras, cuando somos «la otra», somos el elemento que permite que su matrimonio continúe, somos la insatisfacción de su relación resuelta. Y lo único digno que podrían hacer con toda su furia e indignación es divorciarse pero no se atreven.

¿No es igual de jodido ser la otra con título de amante que la otra con título de esposa? Dos mujeres que comparten al mismo hombre son la otra; no importa de cuál lado del prejuicio se acomoden: la realidad es una y es esa. Lo digo porque una mujer sabe cuándo su marido la engaña. Sin duda. Hay olores, formas de mirar, palabras y silencios que son una declaración de culpabilidad firmada con sangre. No puedo decir lo mismo de los hombres: yo me metí en la cama de Daniel oliendo a sexo luego de estar con el amante en turno, mentí a destajo, excusé moretones y rasguños del modo más obvio, exhibí ropa interior nueva y tacones que gritaban «soy un fetiche», apagué el teléfono en momentos clave, inventé viajes de trabajo inesperados, y dos años después Daniel, mi maravilloso y cándido esposo, me preguntó con auténtica sorpresa si estaba teniendo un *affaire*. Recuerdo la escena como si hubiera sido anoche: guardé silencio y torcí la boca con ese gesto agrio que tanto trato de evitar para no parecerme a mi madre, y dije *no* con la convicción de un moribundo con sobredosis de opio. Entonces me clavó la mirada y fue capaz, por primera vez, de vislumbrar todos los demonios que habitan en mis ojos azules que tanto amaba: «¿Estás cogiendo con otro, maldita enferma?».

Ni siquiera yo puedo ser tan cínica. No tuve fuerza para volver a mentir, para volver a decir *no*. Y así fue como, a los treinta y nueve años, me separé del único hombre al que amé de verdad y pasé al conjunto de personas rotas, que es donde estamos todos los que no podremos volver a enamorarnos y a vivir en pareja porque nos quedamos vacíos después del primer intento.

Adiós, gordo etílico.

Hola, Barcelona.

Hola, ansiedad.

Fernando recibe a Magdalena en el aeropuerto con un abrazo que entraña ternura, reconocimiento y toda la complicidad que puede darse entre dos que se asumen diferentes del resto. Es el único amigo que le queda; el único que tolera que ella sea quien es. Y viceversa. Durante los años que Fernando permaneció casado intentando construir una imagen social para que nadie se enterara de su homosexualidad, ella fue la única persona capaz de comprenderlo sin juzgarlo, de estar con él.

—¿Y qué tal Barcelona?

—Preciosa y fría, como tú. ¿Vamos al hotel a dejar tu equipaje y luego de marcha? ¿O quieres descansar?

—¿Descansar yo? ¿Qué te pasa, adulto contemporáneo camino a la vejez? Quiero que me lleves a las Ramblas, a beber, a bailar. Y que no me dejes ir con ningún desconocido porque no podría lidiar con la depresión post *one night stand* yo sola en el hotel. Y mañana trabajo todo el día.

—Entendido, señora. Tengo mucho que contarte.

—Pues empieza, cariño, no sabes la falta que me hace escuchar a un hombre al que de verdad quiero y con el que no voy a tener fantasías sexuales mientras conversamos.

—Yo también te quiero, guapa. Y te extraño tanto como toda la distancia transatlántica que nos separa.

CARLOTA

Odio que mi mamá me pida que haga cosas como si fueran favores, cuando en realidad está dándome una orden. Ni modo que le conteste: «No, Claudia, ando superocupada, perdóname; pero otro día nos ponemos de acuerdo con tiempo y voy a ver a tu hermana».

Preferiría que en lugar de su vocecita de dulce madre amorosa me diera órdenes y ya. De todas formas no puedo rehusarme a hacer lo que ella o mi papá me pidan; ya una vez me tiraron el trilladísimo rollo de «mientras vivas en esta casa»: ante eso no hay nada que hacer. No voy a fanfarronear con la advertencia de irme de la casa para luego hacer el tonto quedándome, como hacen ellos dos que todo el tiempo se están amenazando el uno al otro con desaparecer, y nada. Qué hueva me dan mis papás con su relación muerta, en serio.

Pero la verdad, lo hice por motivos estrictamente personales. A mi tía Dalia la quiero mucho y siempre me ha caído bien, parece que a ella le tocó toda la inteligencia que mi mamá no tiene y además es rara, mira las cosas de un modo distinto, no como la fila de adultos cortados en serie que conozco, al menos ella no es una zombi. Y nunca se ha metido con mi peso, no me dice que me ponga a dieta ni que vaya al gimnasio, ni nada; se limita a convivir conmigo. Y si a alguien le debo mi gusto por la lectura y las palabras es a ella, que cuando era niña me leía de todo y me dejaba tomar cualquier libro sin supervisar que tuviera el sello de literatura tonta para niños. La extraño; antes de que entrara en su depresión era muy divertido estar con ella, era casi tan adolescente como yo.

Ahora ya nunca quiere salir; para verla hay que ir a su casa y ver si es capaz de concentrarse en las conversaciones, si quiere comer algo. Y después de un rato dice que tiene que ponerse a escribir y es como si te estuviera pidiendo que te fueras. Me da tristeza.

Y a mí me gusta ir a visitarla hasta la casa de Coyoacán que era de los abuelos; siento que me cambio de país cuando salgo de la zona mamona que eligieron mis papás para vivir. Donde mi tía vive, aún se puede caminar; aquí si no es en coche hasta te ven raro.

Obvio; sé que mi mamá me manda a mí porque ella es una pinche miedosa, pero al menos se atrevió a llamar a su hermana para anunciarle mi visita. Así que cuando llegué, la encontré dispuesta a convivir.

Qué flaca se ha puesto; no pude evitar decírselo y de inmediato me sentí una basura porque ella nunca dice nada de mi sobrepeso. Entonces, como hago siempre que siento que la cagué, me puse a hablar mal de mí misma. Le pareció divertida mi teoría de las gordas de revista, que dizque están puestas ahí para mandar un mensaje incluyente de la diversidad de cuerpos pero son gordas perfectas, gordas armoniosas, bonitas y de piel impecable, sin lonjas ni panza, sino todas parejitas y bien vestidas.

Que no mamen, la gordura real no es así: yo tengo más panza que nalgas y más *bubis* que barriga; además no estoy tonificada y mi pelo no es una espectacular tormenta de sedosidad. O sea, les haría bien ver algunas pinturas de Rubens con sus gordas celulíticas, que era más realista e incluyente que todas las publicaciones de moda actuales y que hacía arte de verdad.

Se puso de buen humor y se rio un poquito cuando le solté todo mi choro intenso sobre las gordas perfectas de revista que al final resultan tan cliché como el prototipo de la flaca primorosa.

Cliché también me gusta, es una palabra como para decirla en un tono grave y sonar elegante.

Entonces revelé el primero de mis motivos, le platiqué del grupo de teatro, del poema de Ginsberg y le hablé de Fabián.

Obvio ella sí sabía quién es Allen Ginsberg; me contó todo el asunto de la Generación Beat y además tenía un ejemplar de *Aullido*, que me prestó.

Luego me agarró la cara y me dijo algo que nadie más se atrevería a decirme, así, de chingadazo:

—Creo que te enamoraste de Fabián, que debe tener al menos quince años más que tú, y te mueres por estar cerca de él. Y nada de lo que yo o nadie te diga hará que se te pase lo que sientes. Así que si eso es lo que quieres, ve a verlo y proponle lo de ser su asistente, confía en tu inteligencia y no hagas burradas.

La verdad es que para ser mi tía la loca es más sabia y certera de lo que la mayoría quisieran. Me quedé pendeja; me ganó la risa; me puse nerviosa; dije que por supuesto que no, que todo lo hacía por cubrir a Federica y porque Shakespeare de verdad me gusta.

Me miró, me preguntó si tenía hambre. Dije que sí porque tenía que ganar tiempo para decir lo otro. Fuimos a la cocina y solo había café, botellas de brandy, cajitas de té, galletas viejas y un pedazo de queso en flagrante proceso infeccioso en el refrigerador; un desastre, así que terminamos pidiendo comida por teléfono.

Justo cuando llegó el repartidor y Dalia salió a pagar, me llegó un mensaje de mi mamá que decía que ni se me ocurriera mencionar a Adrián, ni preguntar por él, ni nada, como si no existiera.

Regresó y me vio guardando el teléfono. Me sentí como una traidora descubierta.

—Era mi mamá.

—¿Y qué quería?

—Nada, molestar. Me muero de hambre, ¿comemos ya?

Hizo un espacio en la mesa bajo su montón alucinante de libros, puso la pizza y trajo dos platos de la cocina; le temblaban las manos. No comió casi nada.

—Me gustaría ser tan flaca como tú pero sin las ojeras.

—Volví a caer, es que me obsesiona el peso de todas las mujeres, no nada más el mío.

—Tú también tienes ojeras, ¿no duermes bien?

—No mucho, dice mi mamá que el insomnio es hereditario.

—¿Ella tampoco duerme?

—No, todas las noches la escucho despierta hasta las tres de la mañana o incluso más tarde.

Entonces entregué el mensaje de mi madre y le pedí que nos acompañara a una sesión con el especialista de insomnes que, según mi mamá, nos tiene que hacer no sé qué estudios para ver si hay una condicionante genética y una explicación abrumadora que no puedo repetir.

De inmediato se negó; dijo que no le gustaba salir, que odiaba la calle, que salía exclusivamente cuando tenía que ir a hacer algún trámite a las oficinas de la revista y que tenía que estar en su casa por si Adrián regresaba.

Y me la imaginé encerrada, esperando no sé qué, con su refrigerador vacío; tal vez sintiéndose tan mal como yo cuando estoy atracándome delante de nuestro refrigerador lleno, y me sentí tan triste por ella que me entraron unas ganas locas de berrear y se me escurrieron unos lagrimones gordos como toda yo. Juro que no fue chantaje porque no tenía idea de que eso iba a convencerla.

Casi sin pensarlo me abracé a ella y escondida en su esternón huesudo le dije:

—Por favor, acompáñanos, no me dejes sola con mi mamá en esto. Me van a tratar como ratón de laboratorio.

—Está bien, voy a ir por ti, para que al menos seamos dos ratones de laboratorio.

Y me dio un beso y eso hizo que me deshiciera en pucheros; me sentí como bebé que no puede ni hablar; le pedí que me disculpara y salí disparada al baño. ¡Pinche melodrama que acababa de montar! No fuera a pensar mi tía que soy igual a su hermana.

Me paré delante del retrete con toda intención de meterme la colita del cepillo de dientes para vomitar la pizza que recién había comido, pero me contuve.

Cuando regresé la encontré de espaldas a mí poniendo el agua para el té; me pareció que desprendía tristeza y me sentí fatal.

Entonces me acordé de uno de nuestros juegos favoritos y formé una bola con la sudadera y la metí en mi espalda debajo de la playera a modo de joroba; eso hizo que se asomara mi asquerosa panza, un desastre; pero seguí con mi interpretación: torcí el gesto, comencé a cojear y le pregunté: «¿Quién soy?».

—¿Tu personaje es muy ambicioso?

—Sí.

—Eres Ricardo Tercero.

—No estás dando el nombre completo.

—Ricardo Tercero de Inglaterra, también duque de Gloucester.

—No está completo.

—¿Ricardo Tercero de Inglaterra, duque de Gloucester, creación del gran William Shakespeare?

—No, ¿te rindes?

—Me rindo.

—Soy Ricardo Tercero de Inglaterra *Big People.*

Esta vez nos reímos de verdad, sobre todo yo, que no podía controlarme para decirle que imaginara gordos a todos los personajes de la historia. Pero todos: hombres, mujeres, andróginos, reyes, reinas, princesas, héroes, piratas, Campanita culona, la sirenita rechoncha, Zeus panzón, Hera rellenita y con lonjas, Romeo y Julieta reventando la ropa, la Virgen de Guadalupe talla extra grande, Jesucristo con panza chelera y cachetitos mofletudos... ¿A poco no es verdad que toda la historia está hecha para contarnos que solo existen los flacos?

Cuando me despedí de ella después de tomar el té adivinando personajes a los que les hice un anti *fashion emergency* y los volví gordos —mi interpretación de Eva y Adán obesos tratando de acomodarse para dormir en el mismo árbol fue notable—, me sentía una chingona; la había hecho reír y había conseguido que dijera que sí vendría a la consulta con el loquero de insomnes.

Claro que a mi mamá se lo conté sin tanto entusiasmo para ahorrarme su derramamiento de cursilería.

Derramamiento es otra de mis palabras, suena como al mar derramado.

DALIA

26 DE NOVIEMBRE DE 2014

No tengo ciudad.

No puedo salir; la Ciudad de México ya no es mía, me agrede. Este lugar que he amado tanto tiempo, mi torre de asfalto, mi resguardo contra los demonios del origen. La caminaba contigo y el universo era mío, nuestro, andábamos como siguiendo el ritmo de un grito tribal en medio de los autos. Contigo la ciudad era perfecta, hermosa, completa. ¿Cómo me va a caber ahora en los ojos, en todo el cuerpo, en estas palabras que intentan sostenerme y acompañarme antes de que termine por desplomarme entera?

No puedo andar entre los autos sin mirarte; no soporto las calles eternas donde no estás. He deseado, cómo he deseado encontrarte; he querido conjurar al universo, invocarte y hacer que aparezcas frente a mí. Pero no estás.

Y entonces pido que la ciudad se derrumbe, que caiga sobre mí o sobre ti, sobre todos, si pudiera, con la furia de mis puños la destrozaría como una varita seca, nos haría pedazos a todos juntos, de una vez y para siempre.

Por eso ya no salgo; a veces tengo miedo de destruir todo lo que encuentre; no se puede sacar a pasear la rabia en una ciudad como esta, yo no puedo, no conocería los límites. Y por eso estoy encerrada.

No quiero salir porque no puedo respirar cuando imagino que regresas y yo no estoy aquí.

¿Tienes idea de lo que has hecho? ¿Tienes idea de lo que es dejar a alguien huérfano de ciudad?

Esta matriz de asfalto era nuestra madre, la madre que nos nutrió de leche dura, de miradas infinitas, de los pocos amigos que tuvimos, y también me echaste de ella. Ahora odio cada semáforo que me detiene y cada calle que camino.

Juntos colonizamos estas tierras áridas y me abandonaste.

Teníamos un pacto, Adrián, y tú me traicionaste, elegiste el camino fácil.

Porque es más sencillo irse, inventar otra realidad, despertar y mirar otras paredes, otro techo; levantarse y caminar otras calles. Pero yo sigo aquí, unas mañanas presa de la furia contra ti y otras esperando que ocurra el milagro de tu regreso.

No tengo casa, mi casa eras tú y me dejaste en el desamparo.

¿Tuve casa una vez? Incluso el vientre de nuestra madre fue una casa extraña.

No puedo más, no voy a resistir mucho más. Háblame, por favor. Responde a estos correos, escríbeme una línea, una sola línea. Dime que no me amas, necesito descansar en alguna certeza. Me estoy perdiendo sin ti.

¿Existirán de verdad las maldiciones familiares? Mi sobrina me conmueve con su inteligencia sin concesiones; miro esa carita que parece desbaratarse de tantas dudas, su mirada alerta, aguda, su pancita prominente, su sentido del humor ácido que no deja estructura alguna montada en sus pilares, y me pregunto cómo va una chica así a enamorarse de un adolescente cualquiera. Pienso en ese cuerpo generoso que solo ella heredó de nuestra madre y me encantaría creer que ella puede construir una historia diferente. Sé que sus búsquedas y sus acercamientos con Shakespeare, los griegos y la poesía nacieron conmigo. En todas esas tardes que la recogí de la escuela y atravesamos la ciudad juntas en mi auto mientras su madre se esforzaba por terminar la carrera. Cantábamos o leíamos durante el trayecto. Carlota orgullosa de mí y yo orgullosa de que mi hermana se empeñara en ser algo más que una madre abnegada.

Y tú terminabas tu especialidad en Artes Plásticas en Berlín, mi amor. Qué poquito nos duraron esos años; parecíamos tan funcionales todos; algunas noches me fui a la cama pensando que la familia no era únicamente el campo de guerra sino también el refugio. Me duele pensar en nuestra dinastía de locos.

Sé que Claudia tampoco es normal, aunque se empeñe en parecerlo; me rompió el corazón saber que sigue sin dormir. Cuando tú y yo éramos niños hacíamos hasta lo imposible por colarnos uno a la cama del otro todas las noches, solo así podíamos conciliar el sueño. Recuerdo bien que ella rondaba por ahí despierta. ¿Por qué no se acercó nunca a hablar con nosotros?

Y claro que sí, que el insomnio se hereda. Y también el peso de la inmoralidad. Ojalá que mi sobrina pueda romper con la maldición de las transgresiones, porque la del insomnio ya la alcanzó.

Necesito dormir. No, no estoy enojada contigo. Estoy cada vez más triste.

Dalia recuerda el día que Carlota, con sus chispeantes ocho años y su rostro redondo metido en aquel libro ilustrado de mitología griega, soltó la pregunta a rajatabla.

—Está bien. Ya sé que no tengo abuelos como los demás niños; pero ahora quiero saber por qué, y mi mamá no me va a contar la verdad, así que tienes que decírmelo tú.

No tuvo más remedio que contestarle.

—No tienes abuelos porque tus abuelos murieron en un accidente.

—¿Cómo fue el accidente?

—En el auto, chocaron.

—¿Quién manejaba?

—Tu abuela.

—¿Y por qué chocó?

—Porque iba en la carretera y se distrajo, y no está bien que tú sigas distrayéndome con tus preguntas mientras voy conduciendo.

Se quedó callada, se zambulló en el libro por completo. Cuando Dalia la dejó en sus clases de pintura la niña no quiso darle un beso de despedida, tampoco cuando la dejó en casa de su madre. Pero al otro día se comportó muy cariñosa, le regaló un dibujo a su tía y no volvió a mencionar el tema.

No iba a decirle a una niña de ocho años que su abuela voló el auto en pedazos porque manejaba con un churro de marihuana y tres botellas de champaña burbujeando en su sangre y que ese era el estado en el que se encontraba a diario, completamente aniquilada, incapaz para cuidar a sus hijos.

Tampoco que su abuelo no hacía nada porque jamás se atrevió a contradecirla y porque era tan alcohólico o más que ella.

Hilda, la abuela a la que Carlota nunca conoció, no sabía si quería ser esposa y madre; no había averiguado cuál era su deseo cuando las dos cosas le cayeron encima. Durante los primeros años de su hija mayor había intentado cumplir con la tarea del mejor modo posible; pero todos los días, con una disciplina endemoniada, la frustración y la depresión fueron llenando su interior. A Dalia se la endosó a su hermana, que entonces era una niña de doce años, pero el verdadero cisma vino con el nacimiento de Adrián: fue entonces cuando abandonó por completo la misión de hacerse cargo de sus hijos.

Vivía tan perturbada que para protegerse y proteger a todos de su furia bebía hasta quedar indefensa como una fiera desdentada o una serpiente sin veneno.

Aun así era agresiva y violentaba a Claudia descalificándola, lanzando frases mortales en su contra: «Eres una inútil». «¿Nunca te van a crecer los senos?». «No se te ocurra embarazarte, tener hijos te arruina la vida, mejor estudia».

¿Cómo iba Claudia a mostrar dolor en el funeral?

¿Cómo iba Dalia a atreverse a salir de su refugio con Adrián?

¿Cómo iba Adrián a convertirse en un hombre capaz de desear a otras mujeres, de vivir para otras mujeres que no fueran las de su familia?

Miguel, el marido de Hilda, fue un hombre sin opiniones, sin postura alguna, muerto desde antes del accidente.

—Es tan mierda la vida, cariño, que la capacidad de enamorarse es inversamente proporcional a la edad, ¿no te parece?

—Tú siempre haciendo cálculos; me encantas. Me gustaría contestarte que no estoy de acuerdo porque soy un romántico pero me temo que tienes toda tu maldita y sensual boca llena de razón.

—Juré que lo tuyo con Jordi sería eterno. Las parejas homosexuales estables, que son más raras que el ornitorrinco, suelen ser para toda la vida.

—Pues ya ves que no.

Magdalena y Fernando llaman la atención como si fueran un escaparate enmarcado en luces neón: dos guapos juntos suelen ser un espectáculo irresistible para quienes los rodean.

Están de pie delante de la barra, con los traseros redondos y tonificados reventando los *jeans* para que los vean, para repetir la estrategia que tantas veces practicaron en sus excursiones de cacería: exhibirse juntos bebiendo o bailando, mostrar los cuerpos, la belleza y la disposición al placer hasta que algún hambriento de seducción muerda el anzuelo.

Un par de hermosos chimpancés buscando con quién aparearse, eso son.

—¿Y no hay posibilidad de reconciliación?

—No, querida; lo intentamos todo y nos dimos todo, pero ambos sabemos que se acabó. Y antes de que Jordi o yo convirtamos la casa en un desfile de sátiros, ninfas y elfos, vamos a poner distancia.

—¿Sátiros, ninfas y elfos?

—*Gigolós*, chaperos, *escorts,* jovencitos suculentos necesitados de ayuda...

—Eres un perverso, pero sobre todo, un envidioso. Podrían convertir esa casa en el paraíso e invitarme.

Su alboroto se eleva al ritmo de las burbujas. Cuando llega la segunda botella la estrategia ha surtido efecto, una pareja de hombres cuya orientación sexual parece plurinominal se ha colocado al lado de ellos en la barra.

—¿Y entonces? —pregunta Magdalena.

—Entonces nada, me voy a la Universidad de Granada y Jordi se queda en Barcelona.

—No, criaturita de exuberante inocencia, no me refiero a eso.

Golpea con el dedo índice sobre la barra para referirse a sus candidatos de cama, pero está deseosa de que Fernando diga que no: hace frío y mucho viento, la idea de salir le resulta tan poco apetitosa como los dos hombres que se les acercaron.

—¿Y vamos a dejar esta champaña?

—Por supuesto que no, terminamos la botella y esperamos a que salga otro vuelo con mejor itinerario.

—De acuerdo.

Entonces ejecutan la táctica de rechazo; se acercan para darse el beso más desabrido del que son capaces y se ponen a hablar de niñeras, pañales, deudas con el banco y desempleo. Repelente garantizado; la estrategia funciona porque los interesados desaparecen y ellos se quedan enfrascados en una conversación profunda y cercana, de amigos que se quieren, y las horas vuelan hasta que abandonan la champañería con la cuarta botella en la mano, dando tumbos mientras atraviesan las calles de Barcelona para llegar al puerto con intención de quedarse ahí hasta el amanecer, pero el viento inclemente los hace desistir. El alcohol no ha anestesiado lo suficiente a un par de defeños que crecieron en el edénico clima de la Ciudad de México, donde el otoño y el invierno son más un mito que una experiencia comprobable.

Y ante el hecho de que Magdalena, en un chispazo de responsabilidad, recordara que la mañana siguiente tiene que estar en una reunión de trabajo, declaran concluida la parranda a las dos de la mañana.

Al llegar a su habitación del hotel se tumba en la cama y de inmediato se queda dormida, pero diez minutos después despierta con la urgencia del vómito lacerando su garganta. Corre al baño; las arcadas son tan potentes como las dos botellas de champaña que bebió; lo saca todo.

Se levanta, se para delante del espejo del lavabo para cepillarse los dientes y de nuevo, como le ocurrió cuando bajaba el ascensor, la edad se hace presente en su piel pálida y ahora casi translúcida por el alcohol y el mareo.

Aterrada, se mira bajo la luz blanca de interrogatorio que no tiene piedad con su rostro ajado y lleno de pecas y descubre arrugas nacientes y verrugas nuevas que siguen multiplicándose alrededor del cuello.

Advierte un inminente ataque de ansiedad y busca el Xanax en su bolsa, toma uno, respira, se pone la piyama y se mete a la cama. Recapitula la noche y se sorprende pensando que si prefirió la compañía de Fernando a una noche de sexo internacional debe sentirse muy sola o su fiera de seducción interna la está abandonando. Las dos alternativas le resultan igual de sombrías. Imagina el regreso a México, a su madre; el regreso a la oficina; se visualiza en su rutina de solitaria exitosa. Se imagina abriendo la puerta de su espectacular *penthouse,* cuya lujosa apariencia no hace más que potenciar el silencio que lo habita y se le rompe la entereza. El llanto que tantas veces ha evitado con noches de sexo esta vez la arrasa con toda su fuerza; un desamparo quemante e intenso la posee. La verdad está ahí y ella no puede seguir ignorándola. «Ya no soy joven, ya no soy la misma de antes, no puedo seguir buscando lo que buscaba cuando tenía veinte o treinta años, tengo que cambiar de vida», piensa.

Los efectos de la hipoglucemia luego de tantas horas de consumir alcohol sin alimentos la hacen temblar; el ansiolítico parece no surtir efecto.

Trata de controlarse; sabe cómo hacerlo pero la angustia y el pánico ya están ahí y hacen metástasis. Siente que no puede respirar, se le adormece la lengua, las manos, los músculos de las piernas tienen espasmos involuntarios y en cuestión de minutos viene lo peor: los pensamientos suicidas.

Se imagina caminando hasta la playa, llegar ahí, tragar todas las pastillas y arrojarse al mar. Es capaz incluso de pensar en los detalles administrativos; repasa el estatus de cada cosa y la encuentra en orden; piensa en su madre que está cubierta por la póliza de seguro de gastos médicos y las propiedades que serán para ella; piensa en los temas de la oficina y concluye que ninguno importa.

El repaso de los detalles solo empeora las cosas: confirma que su manera de vivir aislada, sistemática, ordenada y sin necesitar de otros, ha hecho que a ella nadie la necesite, y en esa ecuación no encuentra ningún motivo para volver, no tiene vínculos a los que aferrarse.

Pero bajo todas esas certezas subyace otra: Magdalena ama la vida. Y también lo sabe. Se sobrepone y se obliga a concentrarse en una idea, en una sola decisión: no levantarse de la cama para no seguir andando el camino hasta la playa. Se lo repite hasta que el sueño la vence.

Apenas una hora y media después de que se quedara dormida, llaman del *room service* como ella lo pidió: es hora de tomar café, de arreglarse para matar, de resolver ella sola y en un par de días lo que diez ejecutivos limitados no arreglarían en un semestre; hay que hacer todo eso aunque vaya con el corazón encogido por la noche terrible que acaba de pasar; no pueden detenerla la ansiedad ni la falta de sueño, ni siquiera una enfermedad la haría desistir porque ha desarrollado esa capacidad masculina de echar a andar el yo como un mecanismo poderoso y aislado del resto de la identidad, porque es la jefa, porque no puede rendirse.

La única distracción que se permite es la de pensar que por la tarde llamará a Mario para contarle el episodio de angustia y que le pedirá a Fernando que se quede con ella para no pasar otra noche sola durante su estancia en Barcelona.

Incluso para Irene, con su autodominio excepcional, la presencia de las tres mujeres en el consultorio es inquietante.

No puede quitarle los ojos de encima a Dalia, cuya notable delgadez y expresión hermética atrae la mirada de cualquiera; Carlota no deja de jalarse el pelo con una mano y de mandar mensajes desde su celular con la otra; su madre se mira los zapatos, taconea, y cada tres minutos se levanta y anuncia que va al baño a «hacer pipí», como si fuera una niña pequeña pidiendo permiso a su profesor en el aula.

Hasta que Irene recibe la señal que está esperando, que es la salida del paciente anterior. Espera tres minutos que le parecen eternos y entonces descuelga el intercomunicador.

—Doctor Alcántara, la familia Torres Luna está aquí.

Finalmente les indica que pueden pasar. Claudia se levanta la primera y, seguida por las otras dos, entra al consultorio.

Mario saluda a cada una con su energía contagiosa, con un apretón de manos vigoroso. Sonriente y de buen humor luego de frotarse los ojos como acostumbra, les pide que se sienten.

—Vamos a ver, ¿tú eres Carlota?

—Obvio.

—Es que me encantan las preguntas obvias.

—Como a todos los adultos.

Claudia empieza a arrepentirse de haberse atrevido a semejante cosa; de pronto se da cuenta del alcance de lo que hizo e imagina todos los posibles desenlaces para este primer encuentro y de nuevo siente ganas de saltar del sillón y salir corriendo.

—Y tú eres Dalia, mucho gusto.

—Hola.

—Entiendo que están aquí porque Claudia las invitó y aceptaron, ¿correcto?

Carlota dice que sí y Dalia asiente.

—Perdón, ¿les ofrezco algo de tomar?

—No, gracias.

—No, gracias.

—*Nop*.

A Mario le provoca ternura el cuadro familiar que tiene delante; reconoce la fuerza de la genética en los ojos de las tres, que son muy parecidos, en las cejas oscuras y bien delineadas, en la piel llamativamente pálida, algo en el timbre de sus voces.

—Lo que sé hasta ahora es que las tres tienen problemas para dormir desde muy pequeñas, ¿es verdad?

—Sí —Dalia asiente.

—Bien, voy a contarles un poco cómo es esto. Yo me especialicé en trastornos del sueño pero soy psicoterapeuta y psiquiatra; por eso propongo un tratamiento luego del diagnóstico que incluye medicamentos y terapia. Y lo propongo así porque no puede ser de otra manera, no puedo solo medicarlas.

—Yo no estoy interesada en tomar una terapia —aclara Dalia.

—Y yo no necesito una terapia —la secunda Carlota.

Se hace un breve silencio, él vuelve a intentarlo.

—Entonces, ¿qué les gustaría?

—Pues yo entendí que estamos aquí porque nos van a hacer una exploración específica, ¿no? O eso fue lo que dijo mi mamá.

—Sí, bueno, yo quería que viniéramos las tres.

Mario comprende lo que pasa: Dalia y Carlota no tienen idea de a qué han venido.

—Dalia, ¿qué te gustaría hacer?

—No estoy interesada en tomar una terapia, tal vez sí en los medicamentos.

—Bien, pero para eso necesitarías acudir a un par de sesiones de diagnóstico. No tiene que ser conmigo si no vamos a abordar esto como terapia familiar; en tal caso podría canalizarte con un colega.

De nuevo Dalia asiente sin decir palabra.

—¿Y tú Carlota?

—¿Yo qué?

—¿Tú qué quieres hacer? ¿Te gustaría tomar una terapia individual para explorar los motivos de tu falta de sueño?

Lo piensa, mira a su madre, que trata de mantenerse inexpresiva; luego mira a su tía que le pone la mano en la pierna de un modo amable como para animarla porque sabe lo que su sobrina está pensando: quiere decir que sí pero no quiere sentirse traidora.

—Sí me gustaría, pero es como prueba, ¿verdad?

—Claro, las primeras entrevistas son para evaluar si podemos trabajar juntos.

—Ok.

Mario esboza una sonrisa, empuja la montura de los lentes con el dedo medio para colocárselos bien y lanza una nueva pregunta.

—¿Alguien quiere hablar de algo en particular ya que están hoy las tres?

Un *no* tras otro se escuchan en cascada.

—De acuerdo, si no quieren hablar, dejemos esto aquí. Claudia, por favor confirma con Irene la cita para ti y otra para Carlota. Dalia, si me esperas dos minutos, busco los datos de la persona con la que quiero referirte.

Madre e hija salen del consultorio, Dalia se queda.

Su cuerpo es un lienzo de síntomas de una honda depresión ante los ojos de Mario: la quietud de sus brazos inertes pegados al cuerpo, la mirada que se ancla en la ventana o en los muebles pero que jamás se levanta para verlo a él, la delgadez espeluznante, la voz apenas audible, el evidente abandono de sí misma.

Su genuina compasión de humanista lo impele a ayudarla. Con toda intención demora la búsqueda de los datos y, procurando que suene a una trivial pregunta para matar el tiempo, trata de establecer una conversación con su paciente transitoria preguntándole a qué se dedica.

—Escribo crónicas de viaje para una revista.

—Suena interesante.

—No mucho.

—Lo mismo digo yo de mi trabajo cuando alguien comete la estupidez que acabo de cometer contigo. Me disculpo, ¿y supongo que por eso no duermes, tienes que escribir durante la noche?

—No duermo porque no puedo, por eso quiero probar con el medicamento.

—Ya. Aquí está.

Mario sabe que no conseguirá más que eso, así que se resigna, anota los datos y se los extiende a Dalia, que por fin muestra un mínimo de energía y toma el papel con decisión y lo guarda en su bolsa. Él le ofrece la mano para despedirse, pero ella simplemente gira y camina despacio hasta salir del consultorio.

CARLOTA

No me jodan. Ahora resulta que todos vamos a ir a terapia.

Eso me pasa por andar invocando lo de la sillita de pensar a la que quería mandar a mis padres.

Ellos van a ir con un loquero de parejas; solo de pensar en ese pobre *güey* siento pena, ha de ser la profesión que eligen los sadomasoquistas o los perdedores resignados, ¿quién quiere lidiar con los rollos de las parejas rotas que ya no tienen remedio? Además, seguro que si se miden por resultados han de terminar deprimidos: ¿arreglarán una de cada treinta parejas descompuestas que llegan a su consultorio, o menos? Qué despropósito, en serio, esa profesión sí que queda descartada de mis futureos; mejor me voy de jardinera voluntaria a las áreas verdes públicas de cualquier ciudad; eso le reditúa más beneficios a la humanidad que lo otro.

Reditar viene del latín *redïtus*; me gusta porque casi nadie la utiliza y suena fuerte como todas las palabras que comienzan con *erre*. Siempre he pensado que si pudiera cambiarme el nombre sería uno que empezara con esa letra, me llamaría Renata, Roberta o Rebeca.

Seguro que mi destino hubiera sido otro si a la hora de presentarme, de mi boca saliera alguna de esas preciosuras con carácter y no este pinchurriento, carnavalesco y desconcertante Carlota.

Por ejemplo: Fabián y Rebeca se gustan. Suena perfecto, natural.

O: Fabián y Renata son novios, es una oración gloriosa.

Pero Fabián y Carlota... Me quiero morir.

Ah, para seguir con las novedades y rarezas: me dijo mi mamá que fue la vecina, la rubia perfecta quiero decir, quien le sugirió lo de la terapia y le dio los datos del loquero con el que fuimos. Cada vez entiendo menos a ese personaje, porque si ella también va con un arregla sesos, mis sospechas son ciertas: está como una cabra. Solo que si estuviera de verdad muy chiflada, no se daría cuenta y no buscaría ayuda de un terapeuta, ¿no?

Otra cosa que se me ha enquistado en la cabeza es la imagen de mi mamá hablando con ella. Lo que hubiera dado por ver esa escena, pero me la perdí; no puedo ni imaginar dónde o cómo se encontraron y, obviamente, mi mamá no me va a contar porque piensa que si mantiene sus secretos a salvo de mí, también los mantiene a salvo de mi papá.

Como si yo tuviera el menor interés en hacer de mensajera o tejer intrigas entre ese par que ya de por sí está negado para la comunicación. Pobres de mis padres, de veras.

CLAUDIA

Estoy aterrada; abrí la puerta del infierno y no sé qué va a ocurrir ahora; no sé si vamos a soportarlo. Me trastorna imaginar lo que podría pasar y me siento pésimo desde ya.

Después de tres sesiones con el doctor Alcántara acordamos que mi hija tomará terapia individual con él. Dalia nos mandó a todos a volar, como hace siempre; a ella no le interesa nada de lo que yo proponga.

Lo que no esperaba es que el doctor me fuera a sugerir que mi tratamiento no sería con él sino con otro terapeuta y que no sería individual sino de pareja. De inmediato respondí que no.

¿Cómo decírselo a JM? ¿Cómo me voy a sentar con él una hora delante de un psicólogo a hablar de no sé qué, si llevamos diez años sin mantener una conversación real y privada? Después de todo este tiempo sin contacto verdadero para mí es un perfecto desconocido y yo debo ser una desconocida para él. Además, vive de viaje, es un milagro cuando está en México.

Y sé que no va a querer, es un egoísta total, no va a estar dispuesto a invertir tiempo en esto.

«Con todos tus argumentos, lo único que estás diciendo es que tienes miedo de enterarte si aún tienes un marido y de si tus fantasías sobre sus infidelidades son ciertas». Eso me dijo el doctor Ruiz, y me enojé. ¿Cómo se atreve a hablarme así y por qué cree que sabe mejor que yo cuáles son mis motivos?

Pero tenía razón. Es curiosa la terapia, uno paga por escuchar de otro las cosas más duras y horribles que no pueden salir de la propia boca; en fin, el caso es que no me quedó más remedio y acepté hablarlo con JM.

Escribí cuatro borradores antes de mandarle el mensaje definitivo en el WhatsApp porque no sabía cómo decirle que regresara temprano para que pudiéramos hablar sin sonar agresiva. Revisé mis últimos veinte mensajes de texto intercambiados con él y me sentí triste al comprobar que todas mis palabras para él son de enojo y las suyas para mí de indiferencia.

Dios mío, le di tantas vueltas. Otra vez me invadió esa torpeza que me paraliza. Si digo: «Quiero platicar contigo», sueno imperativa; si digo: «Necesito platicar», sueno demandante.

Incapaz, soy incapaz de relacionarme con JM si no es por medio del reclamo. Terminé mandando el mensaje más común y desabrido: «Me gustaría platicar contigo, ¿podrías llegar temprano hoy? Gracias».

Soy tan boba, lo único que me faltó fue un sello oficial de comunicado diplomático. Pero lo mandé.

Me dolía el estómago. Me arrepentí de inmediato; lo más probable era que dijera que no, pretextando alguna reunión del trabajo, y yo nunca sabría si era realmente de trabajo o una cita con una de sus amantes, o tal vez tardaría horas en contestar y me tendría en vilo con la ansiedad comiéndome los pensamientos.

¿Se reiría de mí? ¿Leería el mensaje con fastidio? ¿Pensaría que era un chantaje? ¿Cómo se referirá a mí cuando no estoy? «Perdón, es un mensaje de mi esposa». O: «Es mi mujer que no sabe hacer otra cosa que molestar».

Para mí es un misterio cómo se refieren los hombres a sus mujeres cuando no están con ellas. ¿Hablarán siquiera de nosotras? ¿Manifestarán su fastidio o permanecerán impávidos como si estuvieran relatando que se les perdió un calcetín? ¿Quién soy para mi marido? ¿Quién soy cuando no estoy presente?

Me sorprendí cuando, en menos de un minuto, llegó la respuesta: «Sí, claro, te veo a las ocho en la casa». Qué angustia.

Llegó a las ocho. Yo lo esperaba con una botella de tinto abierta y dos copas en el recibidor, sintiéndome un adefesio, la copia más grotesca de la esposa experta y equilibrada que sabe qué hacer con su marido. Controlándome para no tener otro ataque de reclamos, lo saludé. No sé cómo me veía, pero JM me miró con ternura; por nada me pongo a lloriquear otra vez.

—¿Quieres que salgamos a cenar? —me preguntó.

—No, preferiría que nos quedáramos aquí.

—¿Quieres subir a la terraza?

JM me quitó las copas vacías de las manos, tomó la botella y me señaló el camino. Ya instalados en el *roof garden* me lancé a hablar sin preámbulo porque me sentía de lo más incómoda al iniciar la típica conversación de: «¿Cómo te fue en el trabajo?», porque creo que nunca la hemos tenido. Como esposa experimentada soy un esperpento, de verdad, así que le dije como pude lo que estaba pasando; le conté de mi insomnio, del de nuestra hija y su ansiedad con la comida, el episodio de mi ataque de pánico y cómo me auxilió la vecina, hasta que le hablé del doctor Alcántara y de la terapia de pareja.

Mientras hablaba fui calmándome. Reparé en su rostro, su barba castaña, los ojos cansados, las arrugas; la línea donde inicia el nacimiento de su pelo se ha ido moviendo hacia atrás, aún así lo encontré tan sugerente, tan guapo. Me pregunté quiénes éramos cuando nos casamos dieciocho años antes. Traté de recuperar una imagen o una sensación de entonces y no pude. Él escuchó hasta el final, sin interrumpirme, atento. Se concentra tanto que inspira un respeto rayano en la veneración, y supongo que es así como lo ven sus clientes del despacho y por eso lo idolatran.

Me tendió la mano y dijo:

—Perdóname, no sabía que todo esto estaba pasando. ¿Cuándo sería la primera sesión?

Yo no lo podía creer.

Y volvió a mirarme con una atención inalterable.

¿Qué pensará de mí cuando me mira? ¿Me ve tal y como soy ahora o recuerda el amor que alguna vez nos tuvimos? ¿Me verá con enojo, con pena?

Por primera vez pude controlar el impulso de revisar su teléfono durante la madrugada; desperté poco después de las dos, pero me obligué a salir de la habitación, bajé a la cocina y me preparé un té solo por la necesidad de sentir algo tibio entre las manos. No vi señales de que mi hija hubiera estado en la cocina comiendo y al pasar por su habitación la escuché roncar y entonces lloré de verdad ante el hecho de que, al menos por esa noche, mi familia no fuera un abismo insondable.

Una hora después regresé a la cama, me acerqué un poco a JM y metí mis pies bajo sus piernas para calentarme.

V

—No mames, ahora eres la persona de dieciséis años más interesante que conozco.

—No te burles.

—No me estoy burlando, es neta. Vas a una terapia, tienes una familia de insomnes, pasas todas las materias con la mano en la cintura, aunque no tengas mucha cintura, y eres asistente del director del grupo de teatro que seguro no tarda en enamorarse de ti.

Federica está celosa. Acostumbrada a ser la protagonista de cualquier evento, resiente que su amiga esté abandonando su puesto de admiradora, escudera fiel y asistente irreemplazable.

Carlota recibe los golpes bajos; es lo suficientemente inteligente para saber que no son casuales, que Federica está tratando de herirla, pero se siente incapaz de responder. El amor que siente por ella sigue intacto; ese enamoramiento extraño que tantas veces la ha hecho dudar de su orientación sexual sigue removiendo su interior.

Permanece en silencio; luego de un rato decide cambiar de tema, colocar de nuevo a Federica en el reflector para buscar una reconciliación.

—¿Cómo vas con Julián?

—*Maso.*

—¿Cómo que *maso*?

—Sí, *güey*, más o menos.

—Ya sé lo que significa *maso*, lo que no entiendo es qué pasó con todo tu entusiasmo.

—Me aburre.

—¿Por qué?

—Pues, no sé, es como muy bueno, todo en él es apropiado, a ratos me da hueva.

—Estás loca, no es apropiado coger en los camerinos del teatro después de un ensayo.

—Sí, pero en realidad lo propuse yo.

—Y dijo que sí y estuvo increíble, ¿no?

—Sí, bueno, no sé.

—¿Entonces?

—Pues no sé, a la mejor estoy loca, como dices.

—¿Y qué vas a hacer?

—Nada, a ver qué pasa.

—¿Pero están enamorados?

—Él sí, yo no sé.

—No me jodas, Federica, es Julián, el guapo más guapo de la escuela, le funcionan las neuronas, está enamorado de ti y tú te aburres.

—Pues así soy, ¿qué hago?

—No, nada, tienes razón. Todos somos así como somos y ni pedo.

Y echan a caminar por el pasillo de la escuela. Para Carlota es un momento difícil, no puede dejar de pensar que mientras todos miran a Federica con deseo, a ella la miran con compasión. Suele refugiarse en su teléfono navegando en diferentes sitios, descargando *apps*, fingiendo que busca algo en su mochila; todo con tal de evitar el contacto con los otros.

Así, metida en la pantalla del celular, es sorprendida por Fabián.

—Señoritas, espero que se dirijan al teatro, el ensayo comienza en menos de diez minutos.

—Claro, nada nos interesa más que Shakespeare, ¿verdad, Carlota?

—Sí.

—Por cierto, pensé en un par de cosas de utilería que tenemos que incorporar ya, querida asistente, ¿te puedes quedar después del ensayo para revisarlo?

—Sí, claro.

—Pues ya está, lo vemos en un ratito. No se me desvíen del camino.

Mientras él se aleja, a Carlota se le cae el teléfono y se hace un lío para levantarlo de tal modo que termina tirando también la mochila; luego de varios intentos por fin reúne sus cosas y se recompone como puede.

—¡Fabián te gusta!

—Claro que no.

—Te pones nerviosa, tonta, es obvio que sí.

—¿Es obvio?

—Mira nada más, la señorita me da asco el amor por fin mordió el anzuelo.

—Ya no te burles y por favor, por favor, por favor, no le digas a nadie.

—No le digas a nadie tú tampoco, el tipo te lleva veinte años por lo menos, seguro te metes en pedos.

—Pero jamás va a pasar nada entre nosotros.

—Nunca se sabe, Carlotita.

—¡¿Carlotita?! No me digas así o no te vuelvo a pasar una puta tarea en toda tu vida.

—Ya, perdón, es que de verdad se me hace raro verte así, pensé que eras asexual; digo, con ese cuerpo y esas ideas que tienes, es difícil imaginarte entregada al amor.

Esta vez el golpe ha sido certero, siente ganas de desaparecer, en su interior resuenan las palabras *raro, asexual, cuerpo*... El campo semántico de los vocablos que tienen postrada su autoimagen y que alimentan su inseguridad.

Acelera el paso separándose de Federica y pasando de largo por la entrada del teatro; lo único que quiere es estar sola. Las lágrimas le corren las mejillas; se topa de frente con Julián que la toma del brazo y, sin decir nada, camina con ella hasta la salida de la escuela.

Luego de un rato y ya a unos metros de distancia de la preparatoria, Julián por fin se atreve a preguntar qué le pasa.

—Nada, estoy bien.

—No te creo, ¿por qué llorabas así? ¿Peleaste con Fede?

—No.

—¿Entonces?

—En serio estoy bien, no me pasa nada.

—Ajá, llevas un mes siendo la más prendida con el montaje, amas estar en el teatro y ponerte a dirigir con Fabián, no creo que por nada hayas decidido abandonar el ensayo.

—Pues me puse triste de repente.

—¿Por?

—Mis papás, ya sabes, su relación apesta.

—Ajá, la mitad de las relaciones de nuestros papás apestan y no salimos a llorar a la calle por eso, ya no estamos en preprimaria. Pero si no quieres no me cuentes, no pasa nada.

—Sí, perdón, no quiero hablar.

—Bueno, olvídalo. ¿A dónde vas?

—A mi casa.

—¿Caminando?

—Sí.

—Es un chingo, estás loca, ¿caminas toda esa distancia?

—A veces, cuando quiero calmarme.

—Te acompaño.

—No, tú tienes que ir al ensayo.

—Nunca falto, hoy que se las arreglen sin mí.

La pareja de adolescentes recorre la avenida sin prisa. Julián saca una cajetilla de cigarros y le ofrece uno a Carlota que no tiene idea de cómo fumar y lo mira avergonzada. Él se ríe.

—Claro, debí suponerlo, eres una *nerd*. ¿Estás lista para tu primer tutorial de cómo fumar?

—Listísima.

—Ok, pues te pones el cigarro entre los labios y evitas llenarlo de babas o *lip gloss*, como hacen todas las chicas, ¿entendido?

—Yo no soy como todas las chicas, ni idea de qué es *lip gloss*.

—Me matas, Carlota, en serio. Bueno, debes asegurarte de llevar un encendedor, los cerillos son imposibles para prender un cigarro en la calle y terminas quemándote las pestañas y las mujeres lo odian. ¿Sabes lo que son pestañas o en eso también eres diferente a las demás chicas?

La risita contagiosa no se hace esperar, un furtivo oasis de amistad sin filtros se ha creado entre los dos y es de una belleza absoluta.

—Luego inhalas para encenderlo; despacito para que no hagas el ridículo ahogándote.

—Olvídalo, yo a eso me dedico.

—¿A qué?

—A hacer el ridículo.

De nuevo las risas chispean y el trayecto de cinco kilómetros de Santa Fe a las Lomas de Chapultepec es suficiente para sembrar una profunda semilla de complicidad en ellos.

Carlota se siente extrañamente cómoda con Julián. Tal vez porque da por descartado que él pueda interesarse en ella y poner atención en su imagen para juzgarla; tal vez porque sabe que está enamorado de Federica y tiene la sensación de que Federica lo desprecia también a él como a todos; tal vez porque está tan sedienta de un amigo inteligente que se bebe el momento con avidez y gozo, sin inhibiciones.

O tal vez ocurre así porque solo tienen dieciséis años y están demasiado vivos para comprender lo que eso significa.

Para cuando llegan a su destino, ella le ha contado casi todo lo que en esencia la define, salvo el que considera su más vergonzoso secreto: el trastorno alimenticio que padece.

—Bueno, querido gurú de la iniciación en la nicotina, lo menos que puedo hacer para pagar tus servicios es invitarte a comer algo, ¿tienes hambre?

—¿Bromeas? Yo a eso me dedico.

—¿A enseñar a las chicas *nerd* a fumar?

—No, burra, a tener hambre.

—Pues Rosa es la mejor cocinera, ya verás. Esta barriga no es de gratis. ¿Qué te gusta comer?

—Todo y cuando digo todo quiero decir to-do.

—Ok, vamos a ver con qué nos impresiona.

Cuando entran a la casa, Julián se sorprende desde el recibidor.

—Órale, qué chingona casa, ¿pues a qué se dedican tus papás?

—Mi papá es abogado corporativo, o sea, casi un delincuente fiscal, pero no le digas a nadie. Obvio, es broma. Y mi mamá es bióloga pero se dedica a morirse de celos por los viajes de mi papá.

—Pensé que tus papás eran maestros de literatura o algo así, y como nunca presumes y llegas caminando con tu morral rasposo de pobre *hippie hipster*.

—No jodas, ¿qué tendría que presumir?

—Por eso me caes bien, eres *cool*. Y con todo lo que siento por Federica no me explico cómo pueden ser amigas dos personas tan diferentes. Con ella todo el tiempo hay que estar alerta, como que hay que mantenerse al tiro por si la cagas o haces algo que no le guste.

—Ni me digas, la conozco bien, supongo que somos amigas porque yo la adoro y no me imagino mi vida sin ella.

—Sí, lo sé. Pues ya somos dos.

Luego de un silencio por primera vez embarazoso, entra Rosa anunciando el menú.

—Mi niña, les estoy preparando unas hamburguesas con papitas. Espero que tu amigo coma carne.

—Claro que sí, señora, la carne me gusta mucho.

—Qué bueno, porque estoy harta de tener que cambiar el menú con tanta cosa de vegetarianos y gente que no toma leche ni come pan, y yo digo: si no comen carne ni toman leche ni comen pan, ¿*pos* qué comen?

—Yo como todo lo que me pongan en el plato.

—Muy bien, porque aunque estés grandote todavía vas a crecer, así que más te vale. ¿Dónde van a comer mi niña para mandarte el servicio?

—En la biblioteca, Rosa, *porfa*.

—¿En la biblioteca?

—Ajá, quiero enseñarte algo, Juliancito, no te asustes.

La puerta de la biblioteca chirrió cuando Carlota la cerró detrás de ella y Julián abrió los ojos ante lo que le pareció una enorme colección de títulos.

—Oye, ¿tú y tu familia no saben que se pueden descargar los libros y leer en la *tablet*?

—Claro que sabemos, bestia, pero ni mis papás ni mis abuelos nacieron con *tablet*. Esta es la biblioteca de la familia y falta un bloque de títulos que tiene mi tía Dalia en la casa de Coyoacán, yo creo que allá está la parte más interesante.

—Te estaba molestando, a mí también me gustan los libros; por ejemplo, quisiera aprender francés para leer a Rimbaud, nada más por eso valdría la pena la chinga de estudiar un idioma nuevo. ¿Sí sabes que ese *güey* terminó su obra poética siendo un adolescente de diecisiete años?

—Obvio sí sé, ¿pues con qué chica *lip gloss* crees que estás hablando?

—Uy, perdón, señorita neuronas vibrantes.

—Bueno ya, toro salvaje; promete que no te vas a burlar de lo que quiero mostrarte.

—Lo prometo pero soy experto en romper promesas.

Detrás de las obras completas de Shakespeare, Carlota esconde un librito púrpura que ha empastado y encuadernado ella misma. En la portada se lee *Insomnia*, poemas de C. Núñez Torres, y se lo entrega a Julián.

—Es mi poemario.

—¿Es neta?

—Es neta, yo los escribí.

—¿Y a qué hora te consagras a la poesía? ¡Son un chingo!

—Pues en las madrugadas, ya te dije que tengo insomnio.

—¿Y por qué lo escondes en la biblioteca y no en tu cuarto?

—Porque en mi recámara mi mamá husmea entre mis cosas y Shakespeare le importa un pito, aquí es más seguro.

—Ok, vamos a ver, Carlota Rimbaud del siglo xxi.

Justo en ese momento llaman a la puerta. Las hamburguesas, que son una invitación al paraíso de la gula, están delante de ellos.

—Espero que no te ofendas, amo la poesía pero también amo las hamburguesas y me muero de hambre.

—Sí, comamos primero; además, no quiero que lo vayas a manchar con tus dedotes; pretendo llevárselo a Fabián.

Devoraron las hamburguesas, las papas, sus discusiones sobre el futuro, el poemario, los sufrimientos de amor de cada uno por sus respectivos tiranos.

Y se hicieron amigos así, sin sombras, como solo se puede cuando tenemos la creencia de que la vida será eterna.

En la Ciudad de México la luna está irresistible, alta y brillante. No así el ánimo de Magdalena, que regresa de un largo día en el que ha hecho todo lo que no le gusta: acudir a una reunión de consejo para dar explicaciones acerca de las decisiones efectivas que toma mientras los demás no hacen nada; discutir con Liliana sobre su itinerario de viajes para los próximos dos meses y, lo peor, visitar a su madre.

Gloria es un detonador de todos sus miedos, de todas sus neurosis. Lo que le aterra es terminar igual que ella, o tal vez peor, pues da por hecho que no contará con una hija para que se haga cargo de sus achaques cuando envejezca. Mirarla le provoca también pensar en su origen. Y lo detesta porque creció en medio del señalamiento y del rechazo; nunca encajó en las escuelas públicas a las que su madre la enviaba por falta de recursos; y no encajó porque le ocurrió la discriminación inversa: pesaba en su contra ser la única rubia del salón y tener el apellido Prudhomme que, para rematar la guasa, venía justo después de Pérez en la lista de asistencia.

Su nombre fue siempre motivo de burlas, bromas y desprecio. No solo era rubia, sino también bonita y, para acentuar su desventura, invariablemente era la más inteligente del grupo: blanco suculento para la envidia y el resentimiento colectivo de los espíritus estándar.

La historia se repitió con una precisión de réplica de arte cuando logró entrar becada a un colegio privado, pues portaba en la frente la mancha de venir de escuelas públicas y, peor aún, de no tener padre.

No había lugar natural para ella en ningún sitio. Y fue eso, la no pertenencia, el no reconocimiento dentro de ningún clan, lo que se convirtió en el motor y al mismo tiempo en el lastre de su vida. Esa fue su marca de origen, la herida que fracturó para siempre su alma de niña.

Ante ese panorama y con un padre ausente, Gloria y ella fueron durante mucho tiempo un ente indivisible, hasta que llegaron los días de la adolescencia y la ruptura fue inevitable.

Gloria había acumulado años de rencor y, aunque le resultara imposible reconocerlo, sentía tanta envidia de su hija que pronto su única manera de relacionarse con ella fue mediante regaños y descalificaciones. Se acabaron los abrazos y los gestos de ternura y llegaron las palabras letales cargadas de un odio sordo hacia el hombre que la había abandonado y que la ponía en trance de destrucción contra todo lo que se lo recordara, y si alguien podía recordárselo era su hija. Por su parte, Magdalena se había forjado tal carácter haciendo frente al recelo y la antipatía de todos los que miraban con resquemor o codiciaban sus capacidades y su belleza, que había terminado por convertirse en una auténtica depredadora. Aprendió a ser dura, cínica, directa, a reírse de todo y a no sentirse intimidada ante nadie. Los años más vulnerables los pasó sola y sin poder establecer relaciones de amistad con otras chicas, pues desconfiaban de ella y se mostraban tan celosas e irritadas que en cuestión de semanas dejaban de llamarse sus amigas.

Con los hombres la historia fue distinta, pero tampoco fácil: querían estar cerca de ella porque llamaba la atención y despertaba deseos carnales antes de llegar a los trece años; así fue como se acercó desde muy temprana edad a los linderos de la sobrevivencia: naturalmente seductora, inquieta, sin amigas, con la madre trabajando fuera de casa y sin padre; los intentos de abuso no se hicieron esperar. No todas las veces escapó intacta de las agresiones sexuales de las que era objeto.

¿Cómo iban a procesar el corazón y la razón de una niña de trece años semejante entorno?

Instintivamente se apegó al contacto físico, al poder que le daba su hermoso cuerpo cuando veía enloquecer unas veces de deseo y otras veces de ternura a los hombres que la rodeaban.

Pero la pulsión de vivir y de ponerse a salvo fue su bestia interior dominante, la más persistente de todas, una bestia gigante e indomable a la que solo tuvo que dejar asomar para que se hiciera cargo de su destino. Así que un día le anunció a su madre que había ganado una beca de intercambio para estudiar en la Universidad de Dauphine, en París, y con diecisiete años se fue de casa para terminar de convertirse en adulta sin prórrogas ni concesiones.

Y en París volvió a confrontarse con la realidad sin anestesia: ya no era la más bonita ni la más inteligente; su manejo del idioma no era el mejor y seguía estando sola. Sin embargo, tenía pinta de francesa y un cautivante sentido del humor de mexicana, además del inquebrantable propósito de no volver a casa. Y eso le alcanzaba para no rendirse.

Fue también en París donde conoció a su único y verdadero amigo, Fernando, que entonces era un adolescente por demás sensible, emotivo y encantador con el que podía sentirse como en casa. Los dos atravesaban sus años de juventud más descarnada en el contexto mundial inenarrable del principio de la década de los ochenta, cuando ella le hizo prometer que se cuidarían para no contagiarse con el VIH y él le enseñó a cultivar un amor sin prejuicios por la música, llevándola a viajes sensoriales que lo mismo podían aterrizar en Elton John, Los Pecos o Roberta Flack que en Wim Mertens.

Cuando volvió a México, siete años después, se había convertido ya en el león solitario que regresa del exilio. El león que ha sobrevivido por sí mismo a la hostilidad del entorno y que, por lo tanto, será el líder de la manada. Con veinticuatro años era capaz de conquistar con su inteligencia clara, su experiencia de sobreviviente y su carisma imposible de ignorar. Se metió en el bolsillo a directores, vicepresidentes, gerentes de área, personal operativo, recepcionistas, asistentes particulares y becarios. Todos la adoraban y querían estar cerca de ella. Se tiró a matar en cada entrevista y consiguió el primero de sus puestos directivos con una facilidad impresionante; a partir de ese momento no hubo escalón, zancada, crisis, chisme corrosivo en su contra, presupuesto raquítico de ventas que Magdalena no supiera cómo resolver y sacarle brillo para ponerlo en su favor, exactamente igual que había sabido sumar su apellido francés y sus ojos azules al saldo de sus activos más rentables.

Ella lo ignoraba, pero en medio de tanto éxito la suma del pasivo también iba creciendo en detrimento suyo: esa franja que la dividía del resto y la colocaba en el señalado lugar de la distinta se estaba convirtiendo en un páramo de soledad que sería cada vez más difícil de remontar y que siempre le impediría sentirse integrada o parte natural de algún vínculo.

Y es que también la semilla de la ansiedad venía ya con ella cuando regresó de Europa porque pensó que su estancia allá le daría un certificado de no carencias, no miedo, no abandono, no falta de padre, no clase media limitada. Pero no fue así porque el origen no desaparece por más que nos alejemos de él; acaso se transforma. Y ella había ido a ese continente a enterarse de una vez por todas y sin mediaciones que no tenía padre, que tenía una madre chantajista y que no tenía hermanos; que estaba irremediablemente sola. Se enteró sin saberlo, sin nombrarlo, se enteró de la única manera que hace ineludibles los aprendizajes: con la experiencia.

Se enteró también de que Europa no era perfecta sino compleja, y a veces más fría de lo que ella podía tolerar; supo que el promovido bienestar europeo era duro de roer y que a ratos le parecía más agrio y depresivo que el ambiente que su propia madre espesaba en aquella casa de la que había escapado para ponerse a salvo.

De modo que no había refugios infalibles, no; ni siquiera París.

Magdalena cierra los ojos y recuerda la visita de esta tarde. La imagen del cuerpo disminuido de su madre por la fibromialgia y la artritis le ha calado hondo. Si alguna vez fue una coartada de Gloria para controlar y chantajear, ahora se había transformado en un padecimiento real y espantoso que de cualquier manera había logrado su cometido, porque un paciente crónico es un gran protagonista, un longevo dictador que da órdenes y se convierte en epicentro de toda clase de atenciones pues tiene garantizado el servicio y la mirada de los otros.

—No sé qué es lo que me matará primero, si estos dolores o lo despectiva que eres conmigo.

Ese fue el saludo con el que la recibió, y a partir de ese momento la conversación fue un vaso rebosante de vinagre.

—Buenas tardes, mamá. Buenas tardes, Eva.

La enfermera le devolvió una sonrisa discreta y una mirada compasiva.

Eso hizo pensar a Magdalena en lo cruel que es no poder elegir a los padres, una verdad universalmente asumida pero no por ello menos cruda, menos catastrófica.

¿Cómo sería su vida si el divino poder del azar le hubiera dado por madre a Eva? ¿Quién sería ella si hubiera tenido por madre a una mujer de naturaleza dulce, amable? ¿Cómo saberlo? Concluyó: esto es lo que hay y además es para siempre.

Cuando se quedaron solas Magdalena quería hablar de hipotecas, pólizas de seguros, regalos traídos de Barcelona y toda la proveeduría que ejercía con su madre. Era lo único que la mantenía a raya, que su hija le garantizara la manutención; pero esta vez Gloria estaba más filosa que de costumbre, más añeja.

—Vas que vuelas para convertirte en una copia mía.

—¿De qué hablas?

—La ecuación es muy sencilla, tú que te la pasas haciendo números deberías saberlo. Estás sola y vieja. Pero en tu caso es peor porque no quisiste tener hijos por egoísta.

—No, mamá, es al revés: tú me tuviste a mí por egoísmo, por revancha, para asegurarte de tener a un ser humano a tu servicio y con el cual ejercer tu venganza contra mi padre. Yo no tuve hijos porque la conciencia de lo que ello implica me partió la cabeza muy temprano. Nadie en su juicio y con una historia como la mía se convierte en mamá gallina. ¿Puedes entenderlo?

—Sigues refugiándote en tus discursos elaborados, pero sabes que tengo razón.

—¡Que no es un discurso! Sé que cometí el pecado de elegirme a mí misma sin pretexto, pero ya no voy a desgastarme explicándotelo. A este paso voy a terminar enviando a un abogado o a un notario cada vez que necesite tu firma para estos trámites. Supongo que eso es lo que quieres.

—Pues sería más sincero de tu parte, no me interesa que vengas a fingir que te importo.

Con esa discusión metida en el pensamiento, un malhumor de los mil demonios y una copa de ron en la mano llega a la terraza del condominio para despejarse y se encuentra con la sorpresa de que hay una fiesta en el *roof garden*.

Mira por unos segundos la escena, hace contacto visual con una mujer que fuma en solitario; permanece un rato sin saber qué hacer; su madre suele dejarla así, confundida, agotada, con ganas de cambiar por completo los trazos de su vida. Luego de dar un trago a su copa, el antojo repentino de llevarse un cigarro a los labios se hace impostergable y decide avanzar hacia la chica.

—¿Me regalas uno?

—Claro.

La cercanía milimétrica de los rostros mientras encienden el cigarro provoca algo en ellas, una atracción evidente, un gusto compartido.

—¿Cómo te llamas?

—Emma.

—Yo soy Magdalena, vivo aquí, ¿de quién es la fiesta?

—Tampoco estoy muy enterada, me colé por un amigo, pero no le digas a nadie.

El guiño que acompaña la frase juguetona abre un franco código de coqueteo que Magdalena, movida por la curiosidad y el halago, no rechaza; contempla la peculiar apariencia de la mujer, el rostro un tanto asimétrico, la piel erizada por el frío y los ojos oscuros que sugieren una mezcla de cinismo con tristeza y se siente extraña pero intensamente seducida por ella. No se han dicho mucho pero luego del segundo cigarro, y cuando la copa de ron está vacía, Magdalena sabe que el rumbo de su noche está definido.

—¿Quieres que te ofrezca un trago en mi casa, o un suéter? Te vas a congelar aquí arriba.

Caminaron despacio hacia el elevador y lo abordaron con evidente tensión sexual entre ellas. Llegaron hasta el *penthouse* y Magdalena abrió la puerta, se detuvo un segundo y miró a Emma como pidiendo una confirmación que llegó con el paso decidido de esta para entrar a la casa. Le pidió que se sentara y fue directamente al vestidor y regresó con un abrigo. En el momento de pasarlo por los hombros redondos y suaves de su invitada sintió un súbito impulso de besarla, pero se contuvo. Fue a buscar la botella para compartirla con su inesperada huésped, quien bebió de un trago ansioso la pequeña copa hasta el fondo y sacudió su melena castaña. El olor de su pelo golpeó las ganas de Magdalena tan decididamente que trató de distraerse hablando.

—¿Tienes hambre? ¿Quieres comer algo?

La chica respondió *no* con su voz ronca y fue ella quien dio paso al primer beso. Lubricada por el alcohol, con una especie de furia acumulada se lanzó sobre los labios de Magdalena y lo hizo con hambre, con ganas, metió la lengua y los dedos hasta el fondo de la boca, pegó su pubis contra el de ella y sintió su vulva humedecerse.

Magdalena se abandonó al deseo de Emma, simplemente la dejó hacer, y así, entrelazando lenguas y manos, con los vientres imantados moviéndose en pequeños círculos avanzaron hasta la habitación donde pronto los vestidos de las dos ocuparon cualquier lugar en el piso y ellas se encontraron desnudas en la cama chupándose los dedos y mirándose a los ojos como si estuvieran atestiguando el fin del mundo que ocurría delante de ellas y exclusivamente para ellas. Lamieron sus pezones y Magdalena se descubrió sintiendo algo más que la presión sintética de sus implantes; Emma parecía estar hipnotizada con las pieles en contacto.

Se frotaron el clítoris, lo succionaron, lo mordieron; se entregaron una a la otra con una mezcla de dolor y gozo tan ilimitada que sus gritos sonaron más animales que humanos.

Se lamieron la cara, se tocaron cada pliegue y recoveco con el detenimiento minucioso de un escultor, con sorpresa, con ternura, con delicadeza, con la paciencia que solo puede exhibirse cuando la urgencia del primer orgasmo ha pasado. La piel de los brazos, nalgas y piernas sorprendentemente lisa de las dos fue recorrida una y otra vez; las caricias se desparramaron en las rodillas, en el cuello y la nuca, en la espalda, en los ombligos hundidos, en los vientres planos.

Fueron amantes certeras, vivas, entregadas, hambrientas. Amantes desconocidas, sin palabras, sin preguntas burdas, sin frases hechas, sin promesas innecesarias.

Las horas transcurrieron entre pausas y brotes de deseo que emergían en alguna de las dos o en las dos al mismo tiempo.

Magdalena se miró a sí misma en el centro del placer, fugazmente pudo volver a sentirse entera, como si todo lo errático de su existencia desapareciera ahí, en ese momento, en esa cama, con esa mujer extraña y ajena.

Cuando los cuerpos estuvieron saciados acompañaron su insomnio en silencio, acariciándose las contrastantes melenas con los ojos cerrados.

Fue una larga y breve noche de remanso, de tregua; una noche que Magdalena recibió de la vida como un generoso regalo que le permitió multiplicarse, sentirse lúbrica y oronda, criatura de una rara galaxia vibrante.

Fue una experiencia para guardarse en el armario del cuerpo, para guardarse en secreto. Un bálsamo bendito de sentir el alivio y no pensar, eso se dijo en silencio mientras hundía los dedos en el pelo de Emma.

Claudia y José Manuel regresan de su primera sesión de terapia de pareja con el doctor Ruiz. Ninguno de los dos esperaba que fuera tan difícil hablar, ninguno de los dos esperaba que fuera tan demoledor darse cuenta de que habían perdido la capacidad de comunicarse.

Tanto el trayecto de ida como el de vuelta trazó un mapa que mostró la línea de sus ausencias: no sabían en cuál auto ir; no sabían quién debía conducir. Claudia no tenía idea de que su marido fumaba al manejar y José Manuel no tenía idea de que ella se hubiera vuelto tan conocedora de la ciudad y sus atajos para evitar el tránsito lento.

La casa estaba sola. Carlota había avisado que se quedaría a trabajar hasta tarde con su amiga Federica luego del ensayo del grupo de teatro y era el día libre de Rosa.

Si no sabían qué hacer estando solos en el auto, tampoco sabían qué hacer estando solos en la casa, de modo que rondaron entre el recibidor y la estancia; luego él fue a la biblioteca y ella a la cocina. Se sentía triste, alterada, a punto de empezar una nueva retahíla de cuestionamientos, pero tratando de controlarse para no montar de nuevo una escena anticlimática. Respiró hondo, se dijo que era momento de comportarse como adulta y decidió hacer lo que cualquier esposa con entereza haría. Se dirigió a la biblioteca y se paró delante del sillón de lectura de su esposo que tenía un libro en el regazo pero no pretendía leer una sola línea.

—Gracias por aceptar esto y acompañarme, ¿quieres algo para cenar?

—Quiero abrazarte.

La inesperada respuesta la tomó por sorpresa, sintió cómo se le aceleraba el pulso y sonrió nerviosa al tiempo que se le llenaban los ojos de lágrimas.

José Manuel se levantó, se acercó y la abrazó tan fuerte que pronto tuvieron dificultades para respirar los dos. Ella lloró en silencio mientras su marido bajaba las manos para acariciarle las nalgas, luego las metió debajo del suéter y las subió por la espalda para tratar de desabrocharle el corpiño pero ella lo detuvo.

—No sé si voy a poder.

—Yo tampoco, pero sé que quiero intentarlo. Necesito volver a sentirme cerca de ti.

Hicieron el recorrido hasta su dormitorio tomados de la mano y callados, Claudia encontraba el contacto cálido de la palma de su esposo tan esperanzador que no podía creer que estuviera pasando.

Se tumbaron en la cama casi como amantes primerizos; un poco lerdos, apenados, sin lograr que el mero acto de desvestirse fuera natural y sencillo, atorándose con cierres, botones, cinturones y zapatos de un modo un tanto gracioso. Parecía estar funcionando; luego de un rato de besos hambrientos él tenía una erección a tope y ella comenzaba a sentirse excitada, pero no pudo evitar los pensamientos de siempre: si su marido le habría sido infiel cuántas veces y de qué manera; tampoco lograba superar la inseguridad de no sentirse buena amante y pronto se rompió el encanto. Rechazó el contacto y le dio la espalda, se quedaron inmóviles un rato.

José Manuel suspiró y entró al baño a asearse, se puso la piyama y se metió a la inmensa cama sin decir más. Claudia se enfundó en la bata de dormir y anunció que bajaría por un té pero luego de un rato regresó y se quedó por un instante parada en la puerta de la recámara, mirando el cuerpo de su marido tendido en la cama. Avanzó hasta ahí y se sentó en el borde, le dio la mano y él se recorrió para hacerle espacio, invitándola a acostarse a su lado. Se metió bajo las cobijas y pegó las nalgas contra la pelvis de su esposo tanto como pudo. No hablaron más pero la respiración de ambos se fue volviendo densa y la verga comenzó a hincharse lentamente; Claudia se sintió tan conmovida por la respuesta, tan mal por haber arruinado el intento anterior, que se prometió seguir hasta el final; se sacó el camisón, le ayudó a él a bajarse los pantalones y así, de espaldas a José Manuel, sin detenerse a pensar cómo, buscó el pene, lo sujetó fuerte con la mano y se lo introdujo en la vagina. Pronto él se movía rítmicamente penetrándola desde atrás y las cobijas iban poco a poco descendiendo de la cama al suelo.

Carlota es un hatajo de nervios, se jala el pelo mientras espera el veredicto de Fabián, quien, embebido, lee los poemas. Ella lo mira a él y él mira el libro. Hace apenas un rato que terminó el ensayo, pero a ella le parece que lleva una década esperando en la más cruel de las incertidumbres.

En su interior resuena una canción de la cantante Pink y sin darse cuenta comienza a tararearla.

—¿También cantas?

—Claro que no, perdón.

—¿Por qué pides perdón todo el tiempo?

El rostro desconcertado de la adolescente hace que Fabián se arrepienta de inmediato de haber lanzado una pregunta tan directa.

—No quise ofenderte, al contrario.

—Está bien.

—Pues señorita poeta, es usted muy buena.

—¿Lo dices en serio?

—Sí, eres talentosa y tienes una mirada fresca y un modo distinto de decir las cosas. ¿Qué vas a hacer con eso?

—¿Cómo que qué voy a hacer?

—Tienes razón, no hay que hacer nada; disfrútalo y a ver a dónde te lleva. Pero estoy impresionado, en serio.

—¿Neta no me estás dando el avión?

—No, por eso te preguntaba qué vas a hacer, podrías tomar un taller que te ayude a elegir si quieres hacer una carrera en Literatura, en fin, explorar más.

—¿Te digo la verdad?

—Sí.

—Escribo desde niña, pero cuando leímos el poema de Allen Ginsberg aquella vez sentí que me picaban las manos si no intentaba escribir más poemas.

Siguen las recomendaciones literarias, la conversación cálida e íntima, la algarabía abierta de Fabián y el buen ánimo modesto de Carlota. Él percibe un asomo de admiración y, movido por un afecto natural hacia la inteligencia y el talento de la jovencita que tiene delante, se acerca y le acaricia la mejilla.

Para ella se ha sacudido el universo entero; siente que va a explotar y ante la pauta de la caricia se acerca buscando un beso en los labios de Fabián.

La respuesta no es la que esperaba; él se retira delicada pero firmemente.

—No, no te confundas, por favor. Esto no puede ser más que lo que es: una relación entre una brillante alumna y el maestro de teatro.

—Perdón.

Ahora en su interior hay cuchillos, cristales molidos, ráfagas que anuncian una tormenta histórica. Sale del teatro apresurada y encogida, con ganas de desaparecer del cosmos pero sobre todo de sí misma.

Y una vez fuera de la escuela corre con cólera, corre hacia ninguna parte, corre sin mirar, sin respirar, sin entender, corre sintiendo el fuego líquido del rechazo, de la afrenta que cimbra con el primer fracaso amoroso adolescente; corre dejando el corazón en pedazos; deseando con una vehemencia sísmica morir en ese instante.

El golpe de la camioneta contra su cuerpo y el calor de la sangre en su rostro llegan casi de manera simultánea y un segundo antes que el dolor. Se siente de trapo, leve, presa de una rara mezcla de lucidez con sueño. Ordena sus pensamientos de un modo claro, pulcro, preciso. «Me atropellaron, tal vez voy a morir; este calor en la cara debe ser la sangre, el sabor a metal debe ser la sangre; hay algo roto adentro, no me duele, pero está roto, puedo sentirlo».

Voces, las voces de afuera son caóticas y desordenadas. Resuenan las pisadas de alguien que corre, se escucha a una mujer gritando.

Alguien la toca, entonces siente un dolor intenso, agudo, insoportable.

Alguien la toca y le pregunta con insistencia cómo se llama.

Se concentra y piensa en su nombre: «Me llamo Carlota».

Se vuelve aérea. Cierra los ojos.

VI

CLAUDIA

Dios mío. ¿Qué es esto? ¿Cómo es que la vida más ordinaria y plana de pronto se convierte en una tormenta de sucesos? ¿Por qué Dios sirve las crisis a la mesa así con dos o tres platos al mismo tiempo? Mi niña, mi chiquita, mi pedacito de eternidad. Sentí que me quedaba sin sangre cuando llamaron para avisarnos del accidente. Es increíble que haya que sentir que se pierde la vida para volver a mirarla con la única perspectiva adecuada, con gratitud.

Mi nena está bien pero el peligro no ha pasado. Edema cerebral, hidrocefalia, hendidura craneal gracias al cielo sin fractura, hernia de disco cervical, fractura de clavícula izquierda, fractura superior del húmero izquierdo y contusiones múltiples; eso dijeron los doctores y lo enunciaron como si estuvieran recitando el inventario de una tienda de abarrotes.

JM y yo habíamos acordado mostrarnos enteros para no alterarla, pero apenas la vimos en toda su indefensión, aterrada pero tratando de hacerse la valiente, nos desbaratamos.

—Es que soy una *drama queen* —nos dijo.

Y los tres lloramos de risa como bobos asustados con su chiste.

Mi hija me quiebra como nadie; me postraría delante de quien hiciera falta para verla feliz. Se esconde en su inteligencia, en sus maneras mordaces y en sus libros, pero en el fondo es tan buena, tan amorosa, tan sensible. Necesito confiar en que con el tiempo encontrará el camino para permitirse ser todo lo que es, para mostrarse completa. Estuvo inconsciente alrededor de treinta minutos por el impacto del golpe, cuando llegamos ya estaba despierta y preguntando por su teléfono celular para llamarnos. Nos dijeron que el periodo de recuperación no será mayor de tres meses, bendita juventud que permite al cuerpo responder así.

Su cerebro perderá presión con un par de punciones lumbares para sacar líquido cefalorraquídeo y bajar la inflamación; lo demás son analgésicos, vendajes, desinflamatorios y reposo.

Carlota escuchó atenta el diagnóstico, con esa expresión arrebatadora que pone cuando quiere comprenderlo todo y me dijo:

—Llévame a la casa en cuanto estos verdugos digan que me puedes llevar, *ma*. Y cuando vengas trae libros para que me lean algo tú o mi papá, *porfa*.

Me derrito. Para mí es un poema escuchar a mi hija pidiéndome algo sin rodeos y por favor, porque entonces sé que me necesita.

Y cuando llamé a mi hermana para avisarle del accidente me dijo que por fin le escribió Adrián; está enloquecida, y yo con ella.

De pronto vuelvo a tener un marido presente, una hija en el hospital que necesita de mí, una hermana a punto del colapso que también me necesita y un hermano reaparecido. Debo admitir que me siento contenta, prefiero esto al vacío de estar separados y cada uno lamentando sus dolores; prefiero mantenerme ocupada con la vida y no atascarme en mis sospechas de celópata doméstica.

Y, que Dios me perdone, pero sobre todo estoy contenta porque a JM no le quedará más alternativa que estar conmigo y pasar más tiempo en la casa para ocuparnos de Carlota.

MAGDALENA

No es que haya sido mi primer encuentro sexual con una mujer, pero sin duda ha sido el mejor, y no puedo quitarme de la memoria ni del cuerpo lo que sentí con ella. Dos mujeres con hambre, eso fuimos. Qué delicia.

Dormimos hasta que don Raúl vino a tocar a mi puerta para decirme que Martín llevaba más de cuarenta minutos esperándome. Le di el día y me di el día. Hay mañanas en que lo peor que una puede hacer es subirse al tren de sus rutinas.

Recuerdo bien mi primer encuentro con otra chica. Fue en París. Era rumana, preciosa, con unos ojos que parecían cuevas. Hablamos poco, fumamos y nos dedicamos a recorrernos los cuerpos como verdaderas exploradoras transatlánticas a tal grado y con tal detenimiento que tengo la impresión de que nos reconoceríamos en cualquier lugar y bajo cualquier circunstancia si volviéramos a vernos. Pero no hubo orgasmos, me quedó la sensación de ternura, de suavidad, de una sutil experiencia de belleza pero no de placer carnal. Con esta mujer fue otra cosa, casi aullamos. Después de que la puse en un taxi rumbo a su casa me serví un café, regresé a la cama y sentí una calentura inesperada. Algo en la mezcla de aromas de las sábanas con el humo del café, los restos de mi perfume y el olor de su sexo en la punta de mis dedos me hizo imaginar su vulva y me volvió a excitar. Me los chupé y me acaricié el clítoris con unas ganas que casi me asustaron. Terminé bocabajo, hundida en la almohada, gimiendo.

Pero prefiero a los hombres, ni hablar.

Los prefiero sin dudarlo; los prefiero aunque a veces no sean el contrincante que se necesita cuando una llega con su amor absoluto, jugándoselo todo y dispuesta a lo que sea para vivir un amor verdadero; aunque bostecen o se duerman cuando yo siento que me desbordo de ganas; a pesar de todo los elijo a ellos.

Quiero volver a enamorarme, carajo, cuántas ganas tengo de volver a sentir eso.

Sí, ya escucho a Mario diciéndome que el amor no es el enamoramiento, que tengo que decidir si quiero una pareja o quiero a todos los hombres y que el precio de quererlos a todos es no quedarse con ninguno, blablablá. Qué flojera me doy. A veces mis sesiones de terapia son un pastoso y aburrido caldo recalentado de lo peor de mí misma. Pero sigo yendo para no perder la cordura, por el medicamento y porque Mario es un ser que me devuelve la fe en la especie y el único hombre al que, por algún insondable misterio divino, jamás he tenido ganas de cogerme.

Sé que a Emma no voy a volver a verla; eso fue una burbuja de placer, una de esas exhalaciones únicas en medio de la carrera que oxigenan la sangre para seguir avanzando sin sentir que el agotamiento paraliza. Y cómo agradezco que este pequeño milagro se haya colado en mi cama; la bendigo porque a diferencia del cansancio, que es vitalicio, las ganas no lo son.

Y no voy a contar esto en la sesión de hoy. Un terapeuta no es un confesor y con los años me convenzo de que el único tesoro personal que vale la pena proteger es el de las experiencias buenas que se guardan en secreto.

Maldito teléfono, deja de sonar, ¿qué parte de «hoy no me llames» no habrá entendido Liliana? A veces creo que me odia tanto y de un modo tan torcido que por eso no renuncia.

La comprendo, yo también me odiaría; pero cómo chinga.

—Hola, Liliana, dime qué se te ofrece.

CARLOTA

A ver, ¿qué pedo conmigo? ¿Qué voy a hacer ahora? ¿Cómo voy a volver a la escuela cuando me recupere? ¿Como si nada hubiera pasado?

Estoy muy triste, ¿de qué me sirve citar de memoria tantas líneas de Shakespeare, coleccionar palabras en español o en latín y escribir poemas si no sé cómo vivir la ordinaria vida de una pendeja de dieciséis años?

Ni que fuera tan difícil, ¿por qué para los otros parece tan sencillo y yo soy la reina de las complicaciones?

Tal vez es que estoy maldita por venir de una familia de locas; ha de ser una cosa del ADN o tal vez hay algo malo con mi cerebro que no entiende ni madres de las cosas más simples de la vida.

¿En qué momento se me ocurrió que podía gustarle a Fabián? ¿En qué momento me pasó por la cabeza que Federica de verdad era mi amiga? No quiero volver a verla. Cuando vino a visitarme le conté todo el episodio de Fabián básicamente porque soy una imbécil y ella fue a platicárselo a toda la escuela.

Mi tía dice que está celosa porque ahora soy el centro de atención de todos y porque tengo algo que ella no tiene, y yo de plano sigo sin entender qué de lo que soy yo podría provocarle envidia a Federica. A ella, que es hermosa y cuenta con el amor y la admiración de todos los que la rodean.

Pero voy a parar con mi apología a las maravillas de su majestad porque me traicionó y no voy a perdonarla; ya no me interesa estar cerca de ella. Habría dado mi vida porque alguien me asegurara que seríamos amigas eternamente y hasta llegué a pensar que estaba enamorada de ella, pero ya no.

Y ahora lo puedo decir: siempre se comportó conmigo como si lo mío fuera motivo de broma, nada para tomarse en serio, el chiste curiosito para reír; en cambio, lo de ella sí tenía nivel de importante y verdadero. Y yo todo el tiempo de subordinada, fui su fiel escudero, su Sancho Panza, Sancha Panzona debería decir.

Tengo que dejar de insultarme a mí misma, pinche Federica culera.

No estoy triste, estoy furiosa, o las dos cosas, bueno, tres cosas: también estoy muy asustada. ¿Y si quedo malita de mis facultades mentales después de esto? Eso sí me aterra, digo, no soy ninguna lumbrera, pero imaginarme como las señoritas *lip gloss* que en clase no hacen más que mirarse en el espejo cada cinco minutos y untarse su barrita humectante en los labios como si se dispusieran a una maratón de besos de tres días, sí sería una putada, una verdadera putada.

Me encantó lo de chicas *lip gloss*. Julián me cae bien, me hace reír mucho; me escribió para preguntar si puede venir a verme. Por supuesto que Federica ya lo mandó a la mierda porque se aburrió de él. Y mi tía me trajo libros de la Generación Beat. Kerouac y Burroughs.

«Para que te enteres en qué andaban esos señores, ya que te gustó Ginsberg», eso me dijo y me guiñó el ojo.

Ese detalle es suficiente entre Dalia y yo para entendernos; con eso sé que me está diciendo que jamás le contará a mi mamá el asunto de Fabián.

La amo; es como una hermana mayor lejana pero que se hace sentir cerca y que sabe bien quién soy.

Por cierto que mi mamá se ha portado increíble: ni un sermón. Ya hasta me estoy arrepintiendo de odiarla tanto. Algo raro se traen ella y mi papá, ahora jalan juntos para todos lados como si se quisieran; a la mejor el terapeuta de pareja les insertó un *chip* de inseparables.

Llevo ocho días aquí, dijeron que en tres más me mandan a mi casa para que termine de recuperarme allá. Me urge. El hospital es como una iglesia pero peor; hablan de Dios y rezan todo el tiempo y vienen curas barrigones como yo a visitar a los pacientes. No me gusta, los veo pasar delante de mi puerta y me quedo pensando si acaban de despedir a un muerto calientito y me dan escalofríos.

La neta no me quiero morir. Ya sé que todo el tiempo lo estoy diciendo, pero la verdad es que no quiero. Sí me gusta la vida, solo tengo que entender un poco mejor de qué se trata.

Hay algo bueno de estar aquí, en el hospital, quiero decir; en la habitación de al lado está un viejo que platica conmigo porque vio los libros que me trajo Dalia. Le conté de mi colección de palabras favoritas, le fascinó, y me dijo tres de las suyas que son todas esdrújulas: *pámpano, lívido, crápula*.

Dice que fue un líder muy importante del movimiento estudiantil del 68 y no me quiere dar su nombre, yo la verdad no lo reconozco y es que no hay modo de reconocerlo, me van a perdonar, pero todos los viejos tienen cara de viejo, ni siquiera hay forma de distinguirlos, es como con los bebés que todos tienen cara de bebé, pues lo mismo con los ancianos.

Le platiqué a mi papá, pero no hemos tenido oportunidad de que lo vea para que me diga si lo reconoce o si me está timando; pero me cae bien el ruco, me habla de libros cuando viene, se conoce a todos los poetas de la Guerra Civil española y recita unos versos rompemadres de Lorca, de Machado y de León Felipe. A veces se asoma por la puerta para molestarme haciendo gestos de loco porque le conté que tenía miedo de quedar orate luego del accidente.

Es la onda; me hubiera gustado tener abuelos pero los dos valieron queso mucho antes de que yo naciera. Ni modo.

Ahora todo el tiempo tengo sueño; la verdad es que se siente bien dormir, eso está *cool* de los medicamentos. Ya entendí por qué mi papá se empasta para dormir, lo que no entiendo es cómo le hace para funcionar con tanta energía al día siguiente y a veces hasta se ve guapo. Porque es guapo mi papá, lo digo honestamente.

Qué horror, yo creo que tantas pastillas ya me están convirtiendo en una hija cursi y pendeja. Como sea, me voy a dormir un ratito ahora que puedo, antes de que regresen las noches de insomnio, porque estoy segura de que volverán.

DALIA

No es que uno sienta que se muere, es que uno se muere. Y vamos cargando con nuestra propia muerte todos los días hasta que llega aquel en el que por fin ella nos carga a nosotros.

Pero contigo la muerte se ha prolongado demasiado; morir de amor es morirse de hambre. Hoy pisé la báscula para darme cuenta de que he perdido más de diez kilos desde que te fuiste.

¿Qué son diez kilos para este cuerpo? ¿Cuánta vida se va con diez kilos?

Este cuerpo te ama, Adrián, pero tú me abandonas y mi cuerpo se consume.

No sé cuántos millones de moléculas, células, mililitros en el torrente sanguíneo pierdo; es por ti.

Anemia. Anorexia. Anormal. Esas son mis coordenadas y ahora sé cuáles son las tuyas, ahora sé dónde estás. Tú en India, yo en México; tú en el cansancio, yo en el hambre. Que te fuiste por agotamiento, porque no tuvimos un hijo, porque yo no quise. Sí, fui yo quien decidió interrumpir el embarazo, aquello era imposible, una aberración, nos habría llevado a la demencia colectiva. Y no, mi amor, no se puede vivir en la burbuja del delirio pretendiendo que somos especiales sin que todo termine volando en pedazos.

No lo sé, tal vez solo soy el desequilibrio hablando, tal vez tú tenías razón y un hijo nos hubiera sacado de esta díada insoportable que somos, de este binomio asfixiante.

Pero igual te habrías ido, Adrián. Aquí la única que le apostó a quedarse fui yo. Los dos sabemos que estaría yo sola con nuestro hijo sobreviviendo a esta locura intermitente; repitiendo la historia de madre disfuncional y alcohólica que padecimos tú, Claudia y yo con la nuestra. Y tú estarías lejos, buscándote en un *ashram*.

Sé que al menos tendría ese vínculo para seguir amándote, que tendría esa vida para seguir viviendo y que tendría el alma puesta en ello a pesar de la incertidumbre que siempre provocas, pero no deja de ser una depravación imposible.

No voy a reclamarte nada; me da pena destrozar tu fantasía de que las cosas pueden cambiar, de que la gente puede cambiar; me da pena porque sé que tu fe en la transformación terminará salvándote. Y yo soy incapaz de hacerte daño, mi amor, soy incapaz porque me dejé decapitar por ti y los monstruos sin cabeza no lastiman a nadie.

Ya no puedo comer, la comida se me vuelve metal en la boca, en todas las bocas, en la boca del sexo y en la del alma. Y el metal no se digiere, el metal corta.

¿Empezaríamos el amor si supiéramos que terminará asesinándonos? ¿Abriríamos la puerta si supiéramos que terminaremos anhelando días pasados, añorando ojos amorosos que ya no miran, manos que ya no acarician, estallidos de sol que se fueron?

¿Cuánto tiempo se necesita para morir de hambre?

VII

Aire cargado de palabras no dichas, ese es el ambiente que se respira entre ellas.

No parece fácil remontar casi cuarenta años de incomunicación entre hermanas. Una adopta su eterna postura servicial y se pone rígida, acomoda lo que encuentra fuera de su lugar o limpia la mesa. La otra responde con su conocido rol de loca y se distrae, traza espirales en un pedazo de papel como autómata; mira hacia ninguna parte; se mantiene parca con esa obstinación que mostró desde niña. No va a ser fácil para ninguna de las dos.

Durante toda su vida eligieron el silencio porque hablar hubiera sido devastador. Hay verdades que se saben pero que no pueden nombrarse porque ocurre con ellas lo mismo que con esas poderosas luces blancas que, de tanto que iluminan, enceguecen.

Así sucedió con los secretos de la familia Torres Luna. Callaron para proteger, callaron para no desintegrarse cuando cada cosa fuera bautizada con el nombre que le corresponde. Decir celos, decir ansiedad, depresión, anorexia; nombrar el incesto, el abandono o el alcoholismo hubiera sido desatar una tormenta de dimensiones inimaginables.

Sin embargo, necesitaban hablar y llegó el día de pronunciar cada palabra, así que no quedó más salida que nombrar realidades, demonios, miedos, pudores, arrepentimientos. Y eso hicieron: relataron eventos pasados, se desgranaron en un rosario de confesiones y atravesaron el Hades tomadas de la mano.

Lloraron como nunca: juntas y rendidas en los brazos de la otra; lloraron hasta que se les congestionaron las vías respiratorias y se pidieron perdón insistentemente.

Y fue solo después de que se lavaron y se pusieron los sueros milagrosos de Claudia para desinflamar los párpados y pudieron abrir mejor los ojos, cuando la hermana mayor se atrevió a lanzar la pregunta:

—¿Y cuándo va a volver Adrián?

—En junio, cuando termina su ruta por los monasterios y empiezan los monzones en India y el calor es inhumano.

—Son seis meses. ¿Vas a estar bien?

Una breve pausa, que se antoja perpetua, les atenaza la garganta y se expande en el interior de las dos.

Dalia cae en cuenta de que su hermana le está haciendo la pregunta crucial en este momento de su vida: ¿voy a estar bien? ¿Voy a estar para mí, para Adrián, para que cuando regrese volvamos al infierno amoroso de siempre? ¿Voy a estar?

Y Claudia tiene ganas de dejar salir a bocanadas todas las preguntas que le tiran de la lengua: ¿vas a estar bien? ¿Puedo sugerir una rehabilitación? ¿Quieres venir a vivir a mi casa? ¿Cómo podría dejarte sola otra vez? ¿Vas a seguir sin comer? ¿Me dejarías alimentarte?

En el interior de ambas también ocurre el amor, un recóndito amor filial que hace que ninguna quiera abrumar a la otra, que ninguna quiera lastimar.

Por eso es que responden para protegerse.

—Sí, voy a estar bien.

—Todos vamos a estar mejor, ya verás. ¿Te preparo algo? Me muero de hambre, ¿tú no?

—¿Qué me vas a preparar?

—Lo que tú quieras, hace frío, ¿se te antoja una sopita de cebolla?

Y se iluminan de pura y entumecida cercanía recién estrenada, de algo desconcertante y nuevo pero anhelado durante años por las dos: sienten por primera vez la complicidad infalible de saberse apoyadas por quien comparte la misma sangre.

Dalia no puede terminar un plato de sopa completo, pero las tres o cuatro cucharas que da son toda la alegría de Claudia que, aunque se queda temblando luego de verla en los huesos y con apenas energía para subirse al auto y volver a su casa, gesta una débil esperanza de poder estar cerca de ella y jugar por fin el rol de hermana mayor que antes no pudo.

CARLOTA

Nunca visto. Mi madre y mi tía Dalia juntas y conversando, hablando de no sé qué cosas, pero se les veía intensas. Me aparecí un par de veces así como para ver si me invitaban a sentarme con ellas, pero nada, todo era preguntarme si necesitaba algún medicamento y echarme una insoportable mirada entre compasiva y autoritaria; así que básicamente me corrieron para poder hablar a solas.

Muero de curiosidad por saber de qué carajos platicaron luego de haber pasado toda la vida sin hablarse. Muero. Mi mamá va a ser imposible que me lo cuente, sobre todo si tiene que confesar algún secreto de la familia; es increíble, pero todavía pretende que no me entere de los eventos raros que han pasado por aquí. Obvio, no sé los detalles, pero me doy cuenta de algunas cosas porque, obvio, tampoco soy tan lerda. Adrián y Dalia son inseparables desde que yo era niña y con mi mamá apenas si se hablan; eso está raro cuando son tres hermanos; debió haber alguna pelea histórica o hay una razón muy pesada para que lleven tantos años así; lo que yo daría por tener un hermano o una hermana para compartir la tragedia familiar y estos zoquetes no se hablan. Qué desperdicio consanguíneo, qué tontos.

Tragedia. Qué palabra, una de las mejores del español. Para mí decir *tragedia* es decir Shakespeare; el amor de mi vida, qué Fabián ni qué Federica ni qué nadie; me voy a entregar al celibato literario o algo así.

No es cierto, debo admitir que mientras estuve en el hospital comencé a pensar diferente respecto del sexo. O sea, sería una verdadera calamidad que muriera virgen. ¿Qué tal si no la libro del accidente y muero sin saber de qué va el misterio que mueve a las masas, inspira a los poetas y perpetúa la especie?

A la mejor no es la gran cosa eso de tener sexo pero nunca lo sabré si no lo experimento; tal vez después de hacerlo entienda por qué está tan sobrevalorado.

Tiene que haber alguien que quiera coger conmigo, no puedo perder la esperanza. Del accidente para acá he bajado un poco de peso, pero tendría que cambiar de cara porque adelgazar no te hace bonita. Para colmo, nací en la era de las Lolitas, ahora todas las chavas son sensuales y están hipererotizadas desde los doce años; yo en cambio parezco un mastodonte fuera de su hábitat. Y tal vez eso no sería tan malo si en estos tiempos no fuera tan mal visto no haberte encamado con nadie a los dieciséis, pero es un estigma terrible, algo así como ser la tía quedada de la novela de Unamuno; eso, una tía Tula prematura es lo que soy.

Hasta he considerado si seré asexual, porque lo cierto es que yo pienso poco en sexo; lo digo de verdad, no me estoy haciendo la santa.

Los hombres no me resultan tan atractivos; las mujeres un poco más, pero en el sentido emocional; realmente llegué a creer que estaba enamorada de la estúpida de Federica y luego de Fabián; a la mejor es que soy homoafectiva pero asexual, algo así. Hay un montón de términos para referirse a las variantes de orientación sexual; algunos chicos de la escuela dicen que son pansexuales; o sea, que no tienen ninguna limitación ni preferencia y en sus elecciones cabe todo tipo de combinación. Y tal vez me convenga decir eso porque sería una ventaja para mí, pues así se ampliarían mis posibilidades, ¿no?

Cuánta estupidez pienso a partir del accidente, ¿habré perdido muchas neuronas con el golpe?

Regresando a lo de mi mamá y Dalia, si no se hubieran dejado de hablar, mi tía hasta podría vivir con nosotras y ella sería la mejor interlocutora para estos temas, pero tenían que pelearse a muerte. Las familias apestan, hecho irrefutable.

Algunas veces me pregunto cómo será la vida amorosa de Dalia, su vida sexual. Bueno, en realidad sí pienso en sexo pero no en el mío, me da por imaginar la vida sexual de los adultos en general, de todos; es horrible porque hasta los visualizo en pleno acto. ¿Mis papás cogerán alguna vez? Agh, qué asco, mejor no quiero pensar en eso.

Dalia debe tener cientos de tipos a sus pies, o por lo menos debe contar con un montón de amantes para tener sexo casual cuando ella quiera; además, es superlibre y vive sola; sin nadie que la moleste o le pida cuentas de nada.

Qué chingón, probablemente eso de no tener que dar explicaciones sea la única ventaja de convertirse en adulto.

Ahora, tampoco es que me imagine a Dalia como la rubia deschavetada pero, si quisiera, mi tía podría tener muchos novios, ¿por qué no los tendrá? ¿Le habrá contado algo a mi mamá sobre su vida amorosa?

Ay, ya, debería ocupar la cabeza en otra cosa; además, qué vergüenza pensar en sexo a mi edad en lugar de estar practicándolo. Eso es lo que creo ahora. Ya sé que soy una contradicción con patas, pero no quiero morir virgen, sería dramático, una muerte aún más patética que toda mi vida de por sí miserable. No, por favor.

Mario tiene que admitir que lo invade una simpatía creciente por Carlota. Es deseable sentir un vínculo con el paciente para comprometerse en el proceso de análisis, pero es inevitable sentir más afinidad con unos pacientes que con otros. Y ella lo desarma, se da cuenta porque tiene que recordarse a sí mismo durante las sesiones que debe conservar distancia y objetividad.

Lo que ocurre es que Carlota lo hace pensar en la escueta relación con su hija pues lo confronta con su paternidad ausente. Y a la vez la adolescente lo deslumbra con tanta vitalidad, tanta fragilidad irónicamente sustentada en el talento, tantas posibilidades en una sola alma humana.

—O sea, que desde que apareciste mi familia es un desmadre.

—¿Toda tu familia?

—Pues básicamente sí. Mis papás están en su plan de reconquista que da pena; mi mamá y mi tía recordaron que son hermanas y mi tío Adrián reapareció.

—Y la única que permanece igual eres tú, debo asumir.

—¿Te estás burlando de mí?

—No, te pregunto.

—Obvio no, me atropellaron justo después de que intenté besar al maestro de teatro, justo después de que tuve la genial idea de mostrarle mi poemario, justo después de que me hice amiga del exnovio de mi examiga Federica.

—¿Examiga?

—Sí, estoy muy triste.

—¿Quieres contarme eso?

—Pues me traicionó. Y yo me cansé de esforzarme, de buscarla, de estar dispuesta a hacer lo que fuera para vernos y estar con ella. No sé por qué, pero para mí era muy importante sentir o saber que Federica me quería y durante dos años me dediqué a cubrirla en todo, a ayudarla en todo, a aplaudirle lo chingona que es, lo hermosa que está, lo adorable que es para todas las personas que la conocen.

—Así como la pintas tu amiga Federica es una semidiosa.

—Ya sé, ella semidiosa y yo semipendeja.

Sonríen. Ella pasa con una frecuencia de ondas de agua de la risa al llanto y Mario se conmueve frente a un espíritu tan vivo. El llanto dura un rato; lo enternece mirarla mientras se limpia las lágrimas y los mocos con la manga del suéter, tal como vio hacer a su madre.

—Era como acariciar la normalidad, ¿sabes?, como tener una familia diferente: todos en la prepa saben que Federica y yo somos inseparables, bueno, éramos. Estar con ella me tranquilizaba, me ponía de buen humor, me hacía prometerme que no volvería a hacer mis tonterías cuando estuviera sola.

—¿Qué tonterías?

Su voz vuelve a romperse, su rostro atormentado es de una juventud hiriente. Aunque le cuesta hablar ya no puede seguir conteniendo ella sola ese demonio que muerde los bordes de su cordura, que la consume a dentelladas. Le cuenta todo a Mario y se confiesa arrepentida, lastimada. Suplica ayuda como el asesino de Dostoievski. Experimenta el pecado y la penitencia al nombrar su trastorno alimenticio, el doloroso umbral de la conciencia la revuelca como olas altas de un mar bravo y desconocido para ella. Así de intenso es el momento, así, como se siente la vida cuando se es tan extenuantemente joven.

—Me gusta comer para lastimarme. A veces como muchísimo y me provoco el vómito, pero no siempre puedo. El sabor de la comida no me importa, podría meterme puñados de aserrín o de papel a la boca; lo que necesito es masticar, tragar bocados grandes y sentir dolor en la panza cuando ya estoy tan llena. Me gusta sentir que no puedo ni respirar, que lo único que queda por hacer es tirarme en la cama y esperar a que me venza el sueño. Es lo único que me quita la ansiedad. No sé, estoy loca, en lugar de pasar diez días en el hospital debí pasar diez días en el psiquiátrico.

—¿Y después de comer te tranquilizas?

—Sí, un ratito, mientras me duermo o no puedo hacer otra cosa que atestiguar con toda mi obesa humanidad el proceso para digerir los atracones que me doy.

—¿Le has contado a alguien?

—No, quería contarle a Federica, estaba esperando el momento adecuado pero nunca llegó. No le puedo decir a nadie más, ¿a quién? ¿A mi mamá para que se azote y me quiera mandar a una clínica de rehabilitación? ¿A mi papá para que me diga cuánto me quiere pero se vaya de viaje al día siguiente? Pensé en mi tía, que nunca me juzga, pero yo creo que ella es anoréxica, ya la viste. Y ya, ese es todo mi universo de personas. Estoy en el hoyo.

—Bueno, ahora estoy yo entre tu universo de personas. Y Julián; me has contado que son buenos amigos de un tiempo para acá, ¿no?

—Sí, es un buen tipo. Pero no le voy a contar a un *güey* algo así. Como que estas son cosas de mujeres, y salvo Federica, todas las demás chicas que conozco son retardadas, idiotas, pues.

—Justamente, cosas de chicas, quiere decir que hay muchas mujeres en tu situación. Eres suficientemente inteligente como para ignorar que no eres la única con trastornos alimenticios, apuesto a que has leído todo el material y los testimonios disponibles sobre el tema.

—Sí, pero no me consuela para nada saber que hay otras locas como yo. Cuando estoy ahí, mi cuerpo es el peor lugar del universo y no me queda más que habitarlo.

—Entiendo lo que dices, debe ser muy duro. ¿Qué quieres hacer? Podemos diseñar juntos un plan para que salgas de eso, si tú quieres.

—No sé, yo la verdad no quería verme rodeada de adultos ocupándose de mi problema; además no me atrevo a decirles a mis papás. Yo quería contarle a Federica, que fuera una cosa entre ella y yo porque ella no me iba a regañar; esa era mi fantasía.

—¿Fantasía?

—Sí, porque ahora sé que de haberle contado ya estaría enterada toda la escuela y mis papás. Con lo de Fabián comprobé que Federica no es mi amiga, o sea, suena raro pero aunque yo era su amiga, ella no era mi amiga, ¿me explico?

—Perfectamente.

—Me duele mucho, no sé dónde estar, no encuentro mi lugar.

—Y si todos te parecen retrasados o tontos, supongo que tampoco tienes muchas ganas de pertenecer a esos universos.

—¿A ti no te parecen subnormales casi todas las personas?

—Sí, pero yo me incluyo. Lo que nos da pertenencia es eso, asumir que todos estamos aquí tratando de curarnos una herida que nos hace anormales.

—Chale, pareces poeta.

—¿Eso es un halago o una burla?

—Las dos.

—Gracias.

—¿Qué voy a hacer con Federica? Me escribió porque quiere ir a visitarme a mi casa, creo que no la quiero ver.

—Pues si no quieres verla, no la veas; no hagas nada, simplemente deja de buscarla, así te vas a enterar de qué está hecha su relación. Lo que es cierto es que eres una persona diferente para ella; significa mucho en la vida de alguien haber tenido un accidente como el que tú tuviste, saber que eres capaz de escribir y que eso te apasiona, estar en una terapia. A ver si Federica puede relacionarse con la nueva tú.

—¿Qué hago con la ansiedad de comer?

—¿Entiendo que se agudiza en las noches, cuando no puedes dormir?

—Sí.

—¿Y ahora que estás en el proceso de recuperación del accidente, también sientes ansiedad?

—No, porque todas las noches me muero apenas toco la almohada, yo creo que son los medicamentos.

—Por lo pronto vamos a dejarlo así; poco a poco iremos comprendiendo de dónde viene tu angustia. Entender es lo primero que alguien como tú necesita. Y lo vamos a resolver, te lo prometo, si resistes todo el proceso. Y si los dos estamos de acuerdo y lo vemos necesario, te canalizo con alguien especializado en trastornos alimenticios. ¿Resistirás todo el camino?

—Obvio sí, soy una heroína, sobreviví al accidente, ¿no?

Cuando se despiden Mario toma su cuaderno de notas y escribe: «Carlota, ¿se puede hacer de la diferencia una virtud?».

Magdalena se siente arrebatada por el cuerpo laxo y felino de Leonardo extendido en su cama. Él duerme apacible, sin emitir sonidos vulgares, sin preocuparse por el abandono de la piel ni de los sentidos. Posee la vitalidad que vuelve bellos hasta los momentos más ordinarios y pedestres.

Nunca había estado con un hombre tan joven; fue una gran noche, sin duda. Él dijo veintidós cuando se tomaron el último vodka, ahora ella mira la evidencia de sus sospechas en la improvisada credencial de gimnasio que sostiene entre sus dedos; diecisiete años apenas, recién cumplidos. «¿Quién era yo a los diecisiete?», se pregunta.

«El amor sí tiene fecha de caducidad», piensa. «La hermosura de estar enamorado se extingue cuando el cuerpo envejece y se ve grotesco frente al espejo o junto al cuerpo de otro. El amor se vuelve soez cuando el rostro se desbarata de flacidez porque la piel se ha vuelto un saco que nos queda grande y en lugar de adquirir ese brillo exultante, esa pátina resplandeciente, los viejos parecemos unos esperpentos diciendo: "Te amo"».

Está desconcertada no solo por la enorme diferencia de edad, nada menos que de treinta y tres años, sino también porque la segunda vez que se entregaron a un coito desesperado, ella dejó salir un «Te amo» como si hubiera soltado un gemido o un grito sordo de placer. No le dio tiempo de sentirse avergonzada porque Leonardo respondió de inmediato y sin juzgar, en el perfecto entendido de que se trataba del uso del lenguaje como lubricante: «Yo también te amo, guapísima, coges como una diosa». Y a ella le pareció curioso pensar en la frase «Te amo» como un fetiche, como un juego sexual, utilizada igual que si se recurriera a «Qué rico culo tienes» o «Nadie coge como tú» para condimentar el encuentro. Será cuestión generacional, se le ocurre; estos niñitos pueden decir «Te amo» para disfrutar más, para sentirse más cerca mientras dura el coito y después no se hacen líos ni se complican con ello. ¿Tendrán así de claro que el sexo no es amor?

Leonardo por fin se mueve, se despereza en la cama. Abre los ojos, recarga su hermoso torso sobre la cabecera, sonríe al encontrar el rostro de su anfitriona hundido en un taza de café.

—Guapa, buenos días.

—Buenos días, señor.

—¿Qué hora es?

—Las nueve de la mañana de un fantástico viernes en el que tengo que estar en la oficina dentro de una hora para una reunión con ejecutivos retrasados yególatras, ¿quieres un café?

—No guapa, gracias, no tomo café.

—¿Y qué tomas entonces?

—Esto.

Levanta sus *jeans* del piso, saca un sobrecito de la bolsa trasera y corta una línea de coca sobre el buró que inhala con precisión de experto.

Ella lo mira impasible.

—¿Te molesta?

—En lo absoluto, ¿qué otras cosas tomas para complementar tu desayuno?

—Por ahora nada, con esto no entra la comida. En la tarde comeré algo en la uni, ¿o te refieres a mi dieta más divertida?

—Tú dime.

—Pues cuadros, bueno LSD y tachas. ¿Quieres que te consiga algo?

—No, guapo, lo mío es el alcohol, el Xanax y el Paxil, unas drogas rarísimas que tomo por prescripción médica y que no conoces.

—Claro que las conozco, tengo un cuate que consigue Xanax para bajarse cuando está muy trepado por la coca. ¿Me regalas agua? Mi dieta provoca un chingo de sed, eso sí.

Camina hasta la cocina para traer una botella de agua preguntándose a quién metió a su casa, recriminándose su penoso comportamiento de mocosa. Cuando abre la puerta del refrigerador, siente la verga rígida de su irresistible efebo que se pega contra sus nalgas mientras le acaricia los pezones con una mano y le quita la botella con la otra, la carga y la sienta sobre la barra de la cocina, ella envuelve con sus piernas ese bellísimo torso de príncipe árabe y se besan hasta devorarse.

Leonardo mete sus manos enormes bajo las nalgas de ella para levantarla un poco y la penetra mientras le dice mirándola como si estuviera enfocando el blanco para disparar: «Eres la cosa más hermosa que he visto en mi vida».

El corazón de Magdalena se desboca, tamborilea con fuerza, se deja poseer por esa misma percusión en el clítoris, presiona las nalgas de su nuevo amante y lo empuja con fuerza dentro de ella marcando el ritmo de su placer, de sus ganas, de sus ansias. Por un momento siente que va a morir de un infarto orgásmico y sofoca el grito mordiendo el musculoso cuello de Leonardo. Un par de minutos después él eyacula dentro de ella gimiendo y resoplando como si fuera un macho cabrío convocando a todas las hembras y a todas las brujas a adorarlo en su aquelarre iniciático.

Se quedan enganchados, sudando. Respirando para recuperarse. Siente un súbito impulso de pedirle que regrese mañana, de decirle que no importa cómo ni a qué hora, que lo único que quiere es que vuelva para hacerla sentir eso. Pero se controla, piensa en el desenfreno de los últimos días y calcula el costo para su equilibrio emocional como si repasara un presupuesto de ventas. Mira la enorme reproducción de Andy Warhol que cuelga en la pared de su cocina y se despega de Leonardo. Él vuelve a sorprenderla: «Te amo».

Lo abraza de nuevo, acaricia esa espalda poderosa y le sopla con gentileza en la nuca para refrescarlo, le limpia el sudor bajo el cabello con una devoción desconocida incluso para ella misma.

—Bueno, ¿y tú no tienes una universidad a la que asistir ni unos padres a los que dar explicaciones?

—Sí, pero como ya no llegué a clase de siete ni de nueve, llegaré a mi clase de las once. Y sí tengo padres, unos que para no saber de mí, me llenan de cosas antes de que se las pida.

—Ah, padres disfuncionales, bienvenido a la realidad, al menos a la mía. ¿No necesitas llamarles?

—A mi mamá, pero lo hago al rato porque se pone loca, quiero ahorrarte el numerito.

—Tu mamá, que debe de tener más o menos mi edad.

—Y que si fuera más o menos la mitad de hermosa que tú, me haría convertirme en un feliz Edipo sin dudarlo.

—¿Y tú cómo sabes quién es Edipo?

—Porque leo, soy joven, pero no ignorante. Y porque me gustan las mujeres como tú.

Ella se ríe.

Lo besa otra vez.

—Tengo que salir pronto o no llego a mi junta.

—Me visto en dos minutos y me voy, guapísima.

Vuelve a estremecerse cuando piensa que puede sentirse conectada más allá del cuerpo con alguien tan joven, con alguien a quien ni siquiera sería capaz de llamar hombre.

Él se acerca para abrazarla mientas se pone la chamarra de cuero. La mantiene muy cerca, pega su pubis al de ella y le acaricia las nalgas.

—Adiós, hermosa. Guardé tu número de teléfono, si me dices que quieres que vuelva puedo llamarte esta noche o mañana o cuando tú me digas.

—¿Guardaste mi número? ¿Cuándo te lo di?

—No te lo pedí, soy un usuario autosuficiente y además tengo talento de *hacker*.

—Eres un niño.

—¿Puedo llamarte?

—Sí, llama cuando quieras.

Mientras el agua tibia de la ducha le recorre la piel, se siente avasallada.

¿Es posible encontrar en un niño lo que toda mi vida he buscado en un hombre?

La respuesta es *no*.

La explicación de las frases amorosas está en las drogas sintéticas, en la evidente necesidad de Leonardo por una madre erótica, amorosa, buena. Eso es lo que piensa. Sacude la cabeza bajo la regadera y se dice que debe buscar el equilibrio de nuevo y no dejarse aturdir por lo que acaba de pasar.

No, mi amor, para mí tampoco ha sido fácil estar separado de ti.

Este tiempo ha sido un conteo agonizante de la existencia.

Pero tenía que descansar, tenía que enfriar la cabeza para no volverme loco.

No podía seguir junto a ti pensando que tú eras mi enfermedad. No te mereces eso, Dalia; no te merecías que yo pensara en ti de esa manera cuando lo único que has hecho es amarme y cuidarme.

Hablar de separarnos hubiera sido catastrófico, no podía con la idea de pasar una noche en el tormento gritando, pidiendo perdón; no hubiera podido andar más allá de dos calles lejos de la casa si me hubiera llevado tu imagen suplicando que me quedara, porque tú me desarmas. Fui un cobarde, lo sé, pero necesitaba alejarme por el bien de los dos.

Extraño todo de ti, tus ojos y tu vientre tibio en las mañanas, tu locura, tus ganas, el sonido de las teclas en las noches que te quedabas escribiendo.

Salir de la casa fue salir de ti. Y salir de ti ha sido el infierno, un autoexilio de hierro.

Pero también ha sido bueno, ¿sabes? Estoy tranquilo y estoy limpio desde que me fui, sin alcohol ni drogas. Ya ni siquiera fumo tabaco, ¿puedes creerlo? Lo logré.

Me fui porque quería curarme del peso de nuestra transgresión, de las dudas, de esta permanente sensación de estar intoxicado, trastornado, de ser un perverso atado a la condena del ocultamiento. Pero ahora pienso diferente, nos veo sin las ataduras de la culpa.

Me fui porque no quería estar enojado contigo. Ya no quiero eso. Ya no quiero mentir, no quiero inventar parejas ficticias para responder a quienes me preguntan si tengo novia, esposa, mujer, lo que sea. Me cansé de negarte y de negarnos.

Me fui para que también te curaras tú; me duele saber que estás tan decaída, que no estás tranquila.

Y ocurrió que en la distancia comprobé que estar contigo es lo único que me hace saber que estoy vivo. Y no quiero renunciar a eso pero tampoco quiero renunciar a una vida normal. No te enojes, sé que no quieres que te insulte hablando de normalidad, pero déjame explicarte.

Tú misma dijiste que ese viaje a India fue lo más cerca que estuvimos de la libertad. ¿No fue maravilloso dejar de escondernos, dejar de inventar nombres falsos? Responder sí cada vez que nos preguntaban si éramos esposos?

Quiero eso, mi amor, no quiero menos de eso y no lo quiero con nadie que no seas tú.

Necesito ser un hombre para ti; uno funcional, uno que pueda hacerse cargo de una casa, uno que pueda ver crecer a un hijo. ¿Por qué no?

Quiero ser padre y quiero ser el padre de tus hijos.

Me toca cuidarte, proveerte, sentirme orgulloso de lo que puedo ser por ti y para ti, para nuestra familia.

Podemos intentar otro embarazo; si ya ocurrió una vez será por algo. ¿Por qué nos empeñamos en calificarlo de aberrante? Si lo permite la naturaleza, la biología, los cuerpos, tal vez no esté tan fuera del orden natural de la vida.

Tú y yo no podemos ser una pareja a menos que nos deshagamos realmente de todos los prejuicios, de todos los límites impuestos.

Entiéndeme: me aterra ser el padre que nosotros no tuvimos, ese del que tantas veces escuché decir a ti y a Claudia que había sido un cero a la izquierda, un pusilánime.

Quiero cambiar eso, necesito cambiarlo.

¿Puedes entenderlo? ¿Puedes verlo?

En este viaje he aprendido a escucharme; dentro de mí hay un deseo de ser padre que no estoy dispuesto a ignorar. Quiero ser padre para reparar al hombre mutilado que soy. Contigo y un hijo seríamos una tribu completa, plena. Y el resto tendría que aceptarlo.

Quiero despertar y ver tu cara; quiero despertar y ver esa cara hasta el último de mis días, pero tenía que venir a convertirme en una mejor persona para lograrlo. Estoy cambiando; si me vieras estarías tan orgullosa de mí.

La gente sí puede cambiar, mi amor, yo lo estoy comprobando. Ya no me engancho con los pleitos ni con los juicios y ahora que he estado lejos aprendí a entenderte mejor. Qué ganas tengo de enseñarte lo que he aprendido, de velar tu sueño, de cuidarte con todo el amor y la ternura, como tú siempre lo has hecho.

¿Quieres intentarlo? ¿Quieres que dejemos de pretender y seamos una pareja en el camino de convertirse en una familia? ¿No te gustaría reconocerte en los ojitos de un bebé? Uno tuyo y mío, uno que sea la manera de no volver a separarnos nunca.

A mí me hace tan feliz la sola idea de ponernos a elegir un nombre para nuestro hijo que me llena de ganas de cambiar el universo. Atrévete conmigo, mi amor, te prometo quedarme, te prometo estar, te prometo no abandonarte nunca más si estás dispuesta a intentar esta locura de amor conmigo.

Necesito terminar mi ruta de los monasterios y mi proceso de cambio. Este viaje interno que me está despojando de concepciones morales y apegos absurdos, dejando claro que lo único que importa es lo que amo: tú y lo que podemos ser juntos.

En verano estaré listo para regresar a tu lado, si tú quieres, y perdóname por el silencio pero era necesario, no quería responder sin la claridad que ahora tengo.

¿Estás escribiendo algo ahora? ¿Comes mejor? No puedes descuidarte así, mi vida. Te prometo que vamos a estar bien juntos y que yo te voy a cuidar cuando regrese para que te repongas, para que descanses.

¿Cómo están Claudia y Carlota? ¿Verdad que vas a perdonarme?

Di que sí, mi amor, tengo tanta fe en lo que puedo darte, en las cosas nuevas que podemos hacer juntos.

Espero tu respuesta pronto. Estos días estoy en una preciosa ciudad desde la que puedo comunicarme; me dieron permiso en un hotel para escribirte, le conté al administrador que éramos los amantes más entregados; amantes de leyenda, como todo en India, le dije; se conmovió y me dio chance. La ciudad se llama Bodhgaya, te encantará cuando vengamos juntos, ya verás.

Contesta pronto, mi amor, porque en la ruta hacemos largos periodos completamente desconectados cuando nos retiramos al ashram.

Te amo, loquita.

Te amo más allá de lo que puedo controlar.

Adrián

VIII

CLAUDIA

M e caía mejor Mario, lo sentía más cómplice.

El doctor Ruiz me da la impresión de que tiene preferencia por JM. Tal vez son mis inseguridades, pero es que no tolero que a cada rato me pregunte: «¿Estás escuchando lo que te dice José Manuel?», me hace sentir como niña de kínder, y claro, nunca tengo la respuesta correcta. Todo para concluir que si JM aceptó la terapia de pareja y aceptó escucharme y plantear sus necesidades en este espacio, es señal de que sí me quiere, de que sí está dispuesto a esforzarse por la relación y de que sí está tratando de comunicarse conmigo, pero no del modo en que yo quiero. Que nunca es suficiente para mí; que si JM dice *sí*, debería decir *sí* tres veces, o *sí, muchísimo*; que espero que me pida perdón por cada acusación infundada que hago en su contra.

El caso es que cuando la terapia termina, todo parece ser responsabilidad mía por ser tan demandante y mostrarme tan insatisfecha. No entiendo; a veces pienso que voy a llegar a la sesión y me voy a quedar toda la hora sin decir nada, ni media palabra y me voy a dedicar a escucharlo a él, a ver si dejo de ser la mala en esto.

Estoy diciendo tonterías.

Estoy asustada. Dalia tiene razón, la lucidez es un tormento; estar consciente de lo que ocurre en tu interior, en la pareja o en la familia es demasiado; a ratos me parece una penitencia. Por eso la ignorancia es tan cómoda; qué sabia eres, hermanita.

Me siento tan culpable ahora que me entero de lo que JM está atravesando. ¿Por qué los hombres no dicen lo que les está pasando? ¿O será que sí lo dicen pero nosotras no escuchamos? El estrés laboral es una tragedia tan dolorosa como cualquiera, pobre de mi marido.

Yo no tenía idea de que angustiara tanto arrastrar esos enormes proyectos, vivir amenazado por las fechas límite, odiando los protocolos entre jefes y superjefes, consumiéndose en negociaciones con clientes y representantes. No sabía del peso del nombre y del apellido en las tarjetas de presentación ni de la presión que viven los hombres para mantenerse exitosos, destacados, proveedores invencibles, profesionales admirados y de que todo eso termina deprimiéndolos o estresándolos a niveles patológicos. Se sienten atrapados y agotados pero están obligados a ignorarlo o a curarse sin pedir ayuda. Qué horror, qué ansiedad.

Uno de sus clientes, que es psiquiatra, le conseguía los medicamentos a JM para dormir. Pobre, qué sufrimiento terrible debe ser no ventilar lo que sientes, desgajarte por dentro pero sin poder decir: «Me rindo», sin derecho a mostrar debilidad.

Supongo que los otros maridos en lugar de usar pastillas se anestesian con alcohol; eso es lo que he visto con las seudoamigas que tengo: sus esposos beben y ellas enloquecen. Claro, es su medicamento para tranquilizarse. Qué egoístas somos todos; tal vez yo también he sido tan mezquina con JM. Qué mal me siento cuando pienso en ello, y qué incómodo es esto de sentirse responsable, de saber que no solo somos víctimas sino también responsables.

Con razón la gente cree no necesitar una terapia, consideran que es para desahuciados. Venir a enterarse de las locuras personales es como entrar a un laboratorio para desarmar tu imagen de persona aceptable y buena.

Me asustó lo que dijo el doctor en la primera sesión: las terapias de pareja no son necesariamente un proceso para consolidar el vínculo; a veces este proceso es el camino para entender qué está pasando y para separarse mejor; qué basura. Yo no me quiero divorciar, nunca. Es una putada, como diría mi hija; tengo más de cuarenta años, ¿qué sería de mí?

Seguro que JM se encuentra otra mujer en un dos por tres, eso es así. Es una ley de la vida ya escrita; la más injusta pero es así.

Con su solidez económica tendría más de cuatro candidatas babeando por estar con él y todas serían jóvenes, bonitas, sin hijos, sin estrías ni amarguras acumuladas por los años. ¿Y yo qué? Viviría mariposeando alrededor de su presupuesto, coordinando las visitas o los tiempos de estancia de Carlota con él y condenada a pasar no sé cuántas noches sola en esta casa con mis insomnios mortales. No, no, no; nada más de pensarlo me duele el estómago.

Y en el supuesto de que ocurriera el milagro de que pudiera salir con otros hombres, mis opciones se reducirían a algún ejemplar de ese espantoso universo que escucho y leo en todos lados: solterones empedernidos, divorciados aterrados de volver a comprometerse o casados cínicos que no pueden arreglarse la vida sin una amante fija para que los haga sentir menos infelices. No.

Tal vez tenga razón el terapeuta y mi insatisfacción sea la causa de todo. Y cómo no voy a estar insatisfecha si llevo diecisiete años dedicándome a cuidar a una hija que amo pero cuya complejidad me rebasa y cuyas ingratitudes a veces me hacen sentir la madre más miserable de la tierra, mientras que JM viaja por el orbe, recibe reconocimientos a su talento inigualable y gana dinero en cantidades estratosféricas.

Y yo estudié Biología como si hubiera tomado un curso de cocina rápida.

No puedo seguir así porque me duele; ojalá no me doliera, pero me duele.

Me deprime verme condenada al rol secundario, resignarme a ser la eterna cuidadora; otra vez vuelvo a ser la servicial amiga de todos los que sí tienen con qué protagonizar una vida. Hasta mi hija con su accidente y su pasión por la literatura tiene un paisaje interior más rico que yo.

Tampoco tengo amigas; estoy negada para eso; no sé cómo socializar. Las que no me dan flojera me apabullan con sus imágenes de esposas perfectas, aunque sean simulaciones. Y con mi hermana nuestra relación siempre fue un campo minado de secretos y ahora que volvimos a acercarnos no vamos a convertirnos en grandes confidentes de buenas a primeras.

Ya perdí la cuenta de las veces que busqué a mi vecina para agradecerle por el contacto del terapeuta, pero nunca está. De repente creo que es un fantasma; tenía la fantasía de que nos volveríamos cercanas, pobre de mí. Me pone triste no tener una cómplice a la que pueda contarle, por ejemplo, que he vuelto a tener sexo con mi marido, reírnos juntas y pedirle consejos.

En eso del sexo JM me conmueve. Debo reconocerle su empeño: me busca para hacer el amor casi todas las semanas y mientras me penetra se queda calladito y me mira con cariño; a la mejor esa es su manera de quererme. Yo, en cambio, sigo siendo un bodrio, qué pena doy en la cama. Soy incapaz de dejar de pensar y creo que por eso no siento nada. Todo el tiempo estoy evaluando cómo moverme, preguntándome qué sentirá él, preguntándome si con otras mujeres lo haría diferente, qué pesadilla. Cuando terminamos me abraza, se toma cuatro gotas de Rivotril y se queda dormido.

Y yo me quedo con cien preguntas innecesarias y llenándome de angustia: ¿debí hacer otra cosa? ¿Y si le pregunto qué quiere que haga? ¿Cómo será sentir un orgasmo? ¿A qué hora quedó la cita para llevar a Carlota a su revisión? ¿Le mandé a JM el correo con el presupuesto para remodelar la cocina? ¿Me encontrará guapa mi marido? ¿Le gustaré todavía? ¿Debería ponerme unos implantes de senos?

Mi cabeza es un taladro demoniaco, un taladro de pensamientos retorcidos al servicio de un espíritu doméstico. Necesito ocuparme en otra cosa o esta frustración no me va a dejar nunca.

Voy a volver a la universidad. Estudiar una maestría no estaría mal, tengo que poner las ideas en algo que me recuerde que el universo es más que estas limitaciones de madre preocupada y esposa celosa llena de enfados caseros.

Tengo que hacerlo o voy a arruinar cualquier posibilidad real entre JM y yo. Necesito tener otra vida fuera de la casa, fuera de la familia; esa es la única salida, ¿cómo no lo vi antes?

Voy a regresar a la universidad aunque me muera en el intento, aunque me sienta un espantajo y compruebe que mis neuronas son las menos dotadas de la familia. Voy a regresar. Y punto.

«Carlota Núñez Torres» 18/12/2014
Para: federicanoriega@gmail.com
Re: Necesitamos hablar…

Querida Federica:
Me cansé. Me cansé de atenderte, de contemplarte, de esperar alguna de esas limosnas de amistad que me concedías como darme una paleta que sobraba en tu mochila o dejarme ver los mensajes en tu celular sin restricción.

Me cansé de que me pusieras en pausa cada vez que te enamorabas de un tipo nuevo hasta que te aburrías de él y volvías a pelarme. Tú no lo sabes, pero esa es tu debilidad: los tipos a los que crees que dominas en realidad te dominan a ti, te pierdes por ellos, te vuelves otra, no puedes ni pensar cuando sabes que le gustas a alguien, así nunca vas a tener una amiga de verdad y supongo que una relación de verdad tampoco.

No me extraña que ya te hayas aburrido de Julián y que lo hayas mandado a la mierda sin ninguna consideración, es tu sello personal. Qué tonta eres, solo puedes ver el espejito que tienes delante de tu nariz y tu pinche espejito todo el tiempo te está pidiendo nuevas conquistas.

Me cansé de pretender que podíamos ser amigas. Después del accidente comprendí que yo era tu incondicional pero tú no eras la mía, y es que no puedes ser mi amiga ni de nadie porque tú naciste mamando egoísmo. Eres superegoísta, Federica.

Lo tuyo es usar a la gente porque te das cuenta de que la gente te quiere, nos pones a trabajar para ti como peones al servicio de la reina.

¿Cómo se me ocurrió pensar que podíamos ser amigas de verdad?

No sé quién fue el animal que decidió postear en mi muro de Facebook todos los detalles de lo que pasó con Fabián como «La tragedia de Carlota» bajo el seudónimo de Shakespeare, pero podría asegurar que fuiste tú. ¿A quién más le interesaría hacerme sentir humillada? No logro entender por qué lo hiciste. ¿Qué hay en mí que tanto te molesta? ¿Qué te incomoda en mí?

A tu pregunta de si puedes venir a visitarme para que hablemos, la respuesta es: ni lo intentes.

No voy a regresar a la prepa. La recuperación me va a tomar un rato y ya decidí con mis papás que voy a cambiar de escuela, así que no volveremos a vernos.

Y no te voy a pedir que guardes el secreto; por mí publícalo en primera plana, divúlgalo con quien quiera enterarse, enséñales este correo, imprímelo, reparte copias, no me importa. Tampoco estoy segura de que tú o ellos entiendan algo *de lo que te acabo de escribir; en realidad, no estoy segura de que alguno de ustedes entienda algo que no sea el número de likes que reciben en sus selfis.*

Sí, soy la persona de dieciséis años más interesante que conoces. Si no puedes tolerarlo, no es mi problema.

Te quise tanto, Federica, que hubiera dado lo que fuera por ti. Tal vez en otra vida podamos reencontrarnos y ser amigas, pero en esta, ya no fue.

Adiós,
C

MAGDALENA

Creo que ya crucé la línea del ridículo a la que tanto temía, suficiente; ¿en qué voy a convertirme si sigo así?

Me quedé hasta que todos se fueron y Leonardo se quedó conmigo. Me lo comería a besos, le juraría amor eterno si no fuera un acto de absoluta demencia; una demente, una esquizoide con vida de ejecutiva exitosa durante el día y perdida de miedo, ridícula necesitada de amor por las noches. En eso estoy transformándome.

Ni siquiera me he atrevido a contárselo a Mario y sé que debería hacerlo. Creo que hasta podría meterme en un problema legal estando con estos niñitos menores de edad. ¿Seré una perversa? Pero la vida sin perversiones solo es para los mutilados de alma que repiten los modelos que les fueron dados por mandato y yo no soy así, no puedo ser así.

Me muero de sed; siento como si me hubiera quemado la lengua con vinagre; así que esto provocan las tachas. Por todos los dioses, ¿qué mierdas hago metiéndome tachas por primera vez ahora? Es que no quiero sentirme exiliada de la vida, de la puta vida mezquina que nos exilia cuando dejamos de ser jóvenes.

Qué mal me siento, me estalla la cabeza. Anoche rompí todas mis reglas: dejé de controlar, bebí como nunca y me bajé el alcohol con cocaína como si tuviera diecinueve años, tal como hacen ellos. Dejé que Martín me viera con este niñito y me llevara con él a los cuatro antros que visitamos. ¿Fueron cuatro? Qué descaro el mío.

Leonardo estaba fascinado, lógicamente, con una mamá para cogérsela y un chofer para transportarnos a todos lados sin tener que preocuparnos por el alcoholímetro. Y, sobre todo, por poder presumir semejantes privilegios ante sus amigos; lo vi hincharse de orgullo frente a ellos, pero eso no me molestó. Lo que me molestó fue ver a todas esas mujeres y espejearme en ellas; qué convención de exiliadas del reino de Afrodita tratando de negar el único evento que define nuestras vidas: nos hicimos viejas.

Rellenos de bótox, hilos dorados, párpados levantados, cejas elevadas, rinoplastias, estiramientos faciales, tintes, dentaduras postizas, implantes de senos, lipectomías, liposucciones, masajes modeladores, implantes de nalgas y de pantorrillas, bronceados láser, y no dudo que más de alguna con rejuvenecimiento vaginal porque nuestros hermosos genitales también se cuelgan con la edad o la pérdida de peso. Supongo que es el fenómeno equivalente a que los hombres no puedan sostener una erección; nosotras perdemos la fuerza de los músculos vaginales y el tejido de los labios exteriores también se deteriora. En eso sí que somos iguales los dos géneros: el cuerpo se nos desvencija igual a hombres y mujeres para recordarnos que la muerte acecha sin que podamos hacer nada al respecto.

Antes de la primera tacha tuve la lucidez para pensar que hubiera sido un gran refugio convertirme en una abuela entregada sin resistencias a la decrepitud, sin volver a preocuparme por la apariencia de la vagina que guardo debajo de la falda, sin volver a contar una puta caloría en mi vida y olvidar por completo que existen las tallas, los lubricantes, los hombres y el sexo. Pero no. Elegí el otro camino y la causa de toda mi amargura es saber que esta ruta tampoco me hace feliz.

Hice *topless* en el último *after* que visité con Leonardo y el parvulario que nos acompañaba. ¿Cómo fue? ¿En qué momento decidí quitarme la blusa y subirme a la barra con él y su amiguito? Estaba muy borracha y luego muy trepada por la coca y las pastillitas de la euforia, como las llaman ellos.

Pienso en el cuadro y quiero que me trague la tierra: señora de cincuenta años, con problemas de ansiedad, bebiendo alcohol y consumiendo drogas acompañada de un niño de diecisiete años con el que tiene sexo desenfrenado. Patética, digna de compasión y del encierro en un psiquiátrico o en la cárcel; cualquiera de los dos me vendrían bien.

Y falté a la oficina, otra vez, carajo. Desperté casi a las dos la tarde y Leonardo ya se había ido; tenía mil llamadas perdidas de Liliana y otras tantas de Martín que, por supuesto, estaba listo y esperándome en el coche; sin el menor pudor lo mandé a la farmacia a comprar sueros. Me siento como delincuente primeriza: la resaca de alma es lo peor, me siento tan estúpida que esta jaqueca es un mal menor comparada con la culpa que me consume.

Y ahora extraño a Daniel constantemente después de diez años de no extrañarlo; cómo jode esta maldita sensación que se me ha instalado en el interior como si me hubiera divorciado la semana pasada, ¿qué me pasa? Casi siento un escozor en la lengua cuando pienso en la palabra *marido* que alguna vez formó parte de mi vocabulario cotidiano. Supongo que echo de menos los pocos años en los que me sentí tranquila.

Demasiado tarde, Magdalena.

Tengo que parar. Y tengo que hablar con Mario ya.

Happiness is a warm gun suena mientras Dalia teclea. Escribe de un modo tan peculiar que hace pensar en una delicada marioneta manipulada magistral y artísticamente. Mientras el resto de su cuerpo permanece inerte como un bloque de plomo y la cabeza más que ladeada sugiere estar depositada en el vacío, sus manos se deslizan sobre la computadora sin el menor esfuerzo, sin el menor peso pero con total precisión. Su rostro es de una tristeza fúnebre, sus inmensos ojos recuerdan un abismo y su fina boca un naufragio.

Hay un equilibrio fugaz en la imagen, una armonía que invita a un voyeurismo morboso y a la vez compasivo.

… *Mother Superior jump the gun, Mother Superior jump the gun…*

La música de los Beatles y el sonido del teclado se intensifican como si fueran los únicos ruidos en el universo.

Luego de unos segundos mueve el cuello para dejar su cabeza asombrosamente bien alineada sobre el cuerpo y sus dedos que parecen las extremidades deshilachadas de un trapo que se ha rasgado por el uso se quedan quietos sobre la computadora. Sin despegar la vista de la pantalla estira el brazo derecho para tomar la botella de brandy que tiene a su lado e intenta darle un trago pero la botella ya está vacía.

Casi etérea, se levanta. Una fría ráfaga de viento decembrino le golpea las mejillas, el viento seco de la Ciudad de México; cierra la ventana del estudio y se encuentra con su reflejo en el cristal; se acerca para mirarse con detenimiento y se lleva las manos a la frente y traza la negrísima línea de sus cejas. Las lágrimas no se hacen esperar.

Camina hasta el comedor principal donde está la cava, toma otra botella de brandy y con ella en mano recorre la casona que fuera de sus padres. Acaricia las paredes con la punta de los dedos como cuando era niña; se detiene en cada habitación vacía y abandonada; toca cada moldura, cada ángulo, cada cuña, cada armazón, cada burbuja llena de sales y humedad en los muros. Metal y madera, paredes blancas, techos altos, viejos muebles de cuero que nadie cambió nunca; en cada rincón de la enorme casa comprueba una misma cosa: no tiene recuerdos amorosos de sus padres. No puede reconstruir ni una memoria aislada, una sola imagen de ternura, una sensación, el color de una caricia, una voz amable, una nota, nada.

Se derrumba como pájaro frágil contra una de las paredes de la biblioteca. Ese lugar sí le hace estallar una tormenta de imágenes como flechas punzantes; siente el corazón a la intemperie: ella y Adrián tumbados en el piso leyendo, uno recargado sobre el otro.

Eran unos niños asustados que hacían a la par las tareas de la escuela; eran compañeros exploradores que encontraban juntos y como podían las respuestas a las preguntas cruciales de la existencia que ningún adulto a su alrededor iba a responderles, pero se transformaron muy pronto en adolescentes y no les quedó más defensa que refugiarse entre sí en aquellos tiempos críticos y dolorosos; una cosa llevó a la otra y finalmente se convirtieron en amantes ansiosos y furtivos, fue entonces cuando se volvieron cómplices inseparables.

La biblioteca fue su guarida y el amor que se tenían su santuario secreto, su resguardo contra la vulnerabilidad de saberse huérfanos, su fortaleza invencible.

Recuerda la primera vez que hicieron el amor.

Se sentían tan excitados, tan asustados por haberse unido por fin de esa manera; Dalia puede labrar cada detalle en su memoria, el deseo era tanto que dolía, se habían besado y acariciado ya muchas veces pero sin atreverse a cruzar esa línea que asumían como el último dique con el que trataban de contener su desbordamiento definitivo. Ella tenía diecisiete años y él quince.

Esa noche, Claudia estaba en una fiesta en casa de una amiga y solo quedaba Rosa, que desde entonces era la cocinera de la familia, pero dormía como tronco en una habitación lejana. Llevaban ya más de una hora tirados en el piso de la biblioteca besándose y frotando sus cuerpos; el miembro erecto de Adrián tallándose contra su pubis había terminado por convencerla de quitarse los *jeans* y el calzón; él ya estaba desnudo;

aun así evitaron el coito durante unos minutos hasta que no pudieron contenerse más y la penetró temblando de deseo.

Al principio ella no se atrevió a mirarlo; con los ojos cerrados lo sujetó por el cuello y le dijo al oído con un hilo de voz: «Somos hermanos».

La respuesta de Adrián la ha acompañado todos los días de su vida: «Sí, somos hermanos y por eso nadie va a amarte como yo».

Mi amor:

Claro que sí, claro que quiero, aquí te espero adorándote igual que siempre.

Aquí estoy; he puesto en pausa mis sentidos, mis ganas; he retrasado el ritmo de mi respiración y los segunderos de mi reloj; aquí todos vamos más despacio, te estamos esperando.

No voy a reclamarte nada. Tengo el corazón lleno de fuegos artificiales desde que recibí tu correo y no quiero arruinar eso. Lloro de alegría y agradezco a la vida por saber que estás vivo.

Te amo tanto que solo puedo sentirme tranquila y complacida al saberte feliz.

Yo estoy bien. Me han vuelto el alma al cuerpo, la vida, las ganas y el hambre ahora que sé que estás bien y que regresarás a mí.

No quiero discutir por correo lo que me propones pero el destino dirá. Por ahora lo importante es confirmar este amor que nos tenemos.

¿Estás contento?

Qué dicha siento al leerte tan luminoso, tan en calma; por favor no abandones ese camino, por ningún motivo, ni siquiera por mí.

Sí, esos seis meses de distancia por venir serán una prueba dura pero tú y yo podemos superarlo todo, tú y yo somos invencibles juntos. Termina tu ruta budista, encuentra la luz y piensa en mí con alegría y tranquilidad, que yo estaré bien, acompañándote con todo mi amor mientras llega el día de tu regreso.

Y no te sientas mal. No tengo nada que perdonarte, hiciste lo correcto. Qué orgullosa me siento de ti por haber tenido la entereza para intentarlo. No te rindas, mi amor, prométeme que vas a continuar hasta el final sin remordimientos, sin preocupaciones.

Yo aquí estaré escribiendo algunas crónicas y otras colaboraciones adicionales que me pidieron en la revista. En última instancia tenemos el dinero del fideicomiso que sigue intacto. No me hace falta nada.

Carlota tuvo un accidente pero no fue grave, la atropellaron por correr como yegua desbocada. Está fuera de peligro, sin secuelas y recuperándose en su casa, tan inteligente que da miedo y tan adorable como cuando era una niña. Creo que eso y tu ausencia nos unió a Claudia y a mí porque hemos tenido un par de encuentros y hemos hablado sin hacernos reproches. Se puso tan contenta de saber que estás bien.

Así que ya ves: tu alejamiento ha traído cosas buenas. No tienes por qué arrepentirte; tal vez a tu regreso encuentres una familia menos trunca.

Yo también te extraño mucho, sobre todo en las mañanas, despertar y sentir tus brazos envolviendo mi cintura es lo mejor de la vida, cuando pienso en tus ojitos brillantes al otro lado de la cama lloro de ternura.

Perdóname por los correos agresivos, estaba aterrada, perdóname por todo, por favor, recuerda que cada palabra que te escribo nace del amor.

Y no te preocupes por escribirme, entiendo que es complicado, solo quería saber que estabas bien. No voy a escribirte más para no distraerte, pero aquí te espero, mi amor, aquí te espero.

Te amo, te lleno de bendiciones eternas, eres lo mejor de mi vida, lo único.

Nunca lo olvides.

Dalia

IX

—Osea, neta no sé nada de los hombres, nada de la vida.

—No te azotes, era difícil saberlo.

—Así que Fabián es gay y yo haciendo de bufón a lo puro pendejo. Ay, no, ¿me harías el favor de matarme?

—No lo necesitas, casi lo logras tú sola.

Las animadas voces resuenan en la inmensa cocina. Sentados en la barra con un par de chocolates humeantes frente a ellos, Julián y Carlota se ponen al tanto de sus cortas vidas.

—Pero, ¿sabes qué?, no era difícil suponerlo; de hecho, era obvio.

—¿Por...?

—El poema de Ginsberg.

—No entiendo.

—Sí, cuando conocí a Fabián me puso a leer un poema de Allen Ginsberg, un poeta de la Generación Beat que era homosexual; qué pendeja soy, ¿cómo no me di cuenta?

—Pues, ¿cómo ibas a saberlo solo por eso?

—Era suficiente información, como dice mi loquero: vemos lo que queremos ver y lo que no, lo ignoramos aunque lo tengamos trepado en la nariz.

—¿Te vas a deprimir o algo?

—¿Cómo que «o algo»?

—Pues sí, contigo nunca se sabe. De lo que sí estoy seguro es que esta vez no vas usar tu táctica favorita que es salir corriendo porque no puedes.

—Idiota.

—Tú primero. No sabes lo preocupado que estaba por ti y lo culero que sentí cuando dijiste que no querías verme porque te habías peleado con Federica, ¿y eso qué?

—Ya sé, ya perdóname; es que estaba enojada con ella y no sabía bien en qué estatus andaban ustedes.

—Sí sabías, te dije que me mandó a la mierda.

—¿Estás triste?

—¿Por ella?

—Ajá.

—No, más bien enojado conmigo por imbécil. Federica me hizo saber de muchas maneras que ella no puede querer a nadie más que a sí misma, pero yo me aferré.

—¿Ves? La teoría de mi loquero es cierta.

—Sí, tu loquero es un sabio o tú y yo somos un par de pendejos. Alguna de las dos aseveraciones tiene que ser cierta.

—Obvio la primera, y en la segunda solo cabes tú, porque a mí ya me atiende el sabio.

—*Touché.*

—Ya me dolió la espalda, vamos a la sala un ratito. ¿Me ayudas a levantarme? Soy una inútil si no puedo usar el brazo izquierdo, creo que ya me van a quitar esta chingadera.

—Deja de quejarte, te ves divina, te sentó bien el accidente.

—No estés molestando.

—Lo digo en serio, perdiste peso, ¿no?

—Sí, he bajado seis kilos, casi no puedo comer porque mi interior está lleno de moretones y con esta faja ortopédica tipo Frida Kahlo apenas doy dos bocados y ya no me entra más alimento.

—Y tu cara también se ve distinta; estás linda, no te estoy choreando.

No sabe si se siente nerviosa o complacida por la cercanía de su amigo que la abraza para ayudarla a bajar de la silla y trasladarse a uno de los sillones de la estancia donde con dificultades ella se recuesta bocarriba, empuja con la punta de un pie el otro para zafarse los tenis y se queda quieta un momento, como masticando las palabras que va a decir.

—Casi me convierto en una lisiada por tonta, y no voy a salir con la mamada de la segunda oportunidad, pero sí me asusté, así que he tomado una decisión importante.

Julián se sienta sobre la alfombra, recarga la espalda contra la mesita del café y mira a Carlota con curiosidad.

—¿Qué decisión tomaste, niña prodigio?

—Que voy a dejar de azotarme.

—¿Eso es todo? Pensé que anunciarías tu traslado a la Complutense de Madrid o a la Sorbona.

—Ya deja de burlarte de mí que me estoy cansando. Sí, me voy a cambiar de escuela pero aquí mismo.

—Qué bueno, porque no quiero dejar de verte.

Se quedan en silencio por un rato hasta que él saca de la bolsa trasera de sus *jeans* una pluma que sacude delante de su amiga.

—Vamos a inaugurar ese yeso, no soy poeta pero haré lo mejor que pueda.

—No es yeso, es fibra de vidrio.

—Bueno, *nerd*, ¿puedes ponerle pausa a tu función de corrigeplanas? Qué insoportable eres. Pues lo que sea, me entendiste.

A ella le arrebata la idea, ni siquiera había pensado en la posibilidad de que alguien firmara sobre su férula.

—No veas, quiero que sea una sorpresa. Cierra los ojos, tramposa.

—¿Ya puedo ver?

—Todavía no.

—¿Ya?

—No, aguanta.

En cuanto termina de escribir, Julián sale disparado hasta el recibidor desde donde grita: «¡Ya!».

Cuando Carlota abre los ojos, él ya ha salido de la casa.

Gira el brazo para leer la frase misteriosa y siente un calorcito que le hace arder las mejillas y le provoca una contracción en el vientre.

No puede creerlo, enfoca las letras escritas nerviosamente y vuelve a leer: «¿Quieres ser mi novia?».

En el trayecto al consultorio de Mario el malhumor y la ansiedad de Magdalena se expanden de un modo tóxico.

Martín la mira por el espejo retrovisor; la conoce lo suficiente para saber que algo anda mal.

—¿Quiere que le ponga música, señorita?

Responde con un «Por favor», y Martín sintoniza la estación de música clásica que sabe que a su jefa le gusta. En el radio suena una voz de soprano acompañada de un bajo que tira del espíritu de Magdalena como si quisiera exorcizarlo de ella.

«Consecuencias», piensa, «la única factura que la vida cobra puntualmente es la de las consecuencias». Se siente atascada en su propia trampa. Le gustaría sentirse incrédula ante lo que ocurrió, pero la cadena de sus errores es tan sólida y real que no puede sorprenderse siquiera.

«La suma de mis errores es mi biografía más honesta», piensa, mientras la música penetra hasta la médula.

Siente nostalgia de sí misma, de la que fue cuando aún podía decir: «Tengo veinte años» y el sendero frente a ella parecía inextinguible, vitalicio. Nostalgia de cuando podía quererlo todo y no querer nada, coquetear con todas las posibilidades, reponerse en dos semanas luego de una separación, cuando todavía fantaseaba con encajar en el estándar, beneficiarse de ese estilo de vida simple y analgésico, de esa indolencia donde están los que asumen que la vida es la que tienen y no la que desean.

«Cuánta miseria hay en esto de desear, de no rendirse, pero eso lo sabemos unos cuantos nada más», concluye.

Por una extraña configuración del pensamiento sorpresivamente recuerda su encuentro con la chica desconocida. Se pregunta si relacionarse con mujeres hubiera sido un buen camino para ella, más amable, con menos sobresaltos. Y otro *no* viene como respuesta.

«Aquí está el mecanismo de mi infelicidad», piensa, «otra vez deseando posibilidades que ya están muertas».

Se cubre el rostro con la mano para evitar que Martín la vea y deja salir unas lágrimas que le saben más astringentes que nunca.

Hace un esfuerzo por recomponerse, quiere creer que al menos detuvo a tiempo la catástrofe pero no está segura.

Repasa los sucesos y la sensación de estupidez y pudor interno crece tanto que se vuelve exasperante, cierra los ojos y reproduce una línea tras otra el correo de Leonardo que recibió la tarde anterior.

«Leonardo Rey» 19/12/2014
Para: magdalenap@yahoo.com
(Sin asunto)

Hola guapisima
Saliste regia en la foto con ese cuerpazo ke tienes…
Mi amigo y yo estaremos muy agradecidos si nos transfieres a su cuenta 100 mil $$$, es ke somos jovenes de hecho menores de edad, te recuerdo, y queremos hacer un viaje para explorar nuestros orizontes. Tampoco es tanto dinero para ti, o sí?

Tengo el correo de tus jefes, sus números de teléfono y acceso al servidor de tu empresa benjamin.palles@corporativosim.com y miguel.deleon@corporativosim.com sí te suenan, verdad???

Tambien te recuerdo ke estuve en tu casa 2 veces, que consumiste drogas con un joven de diecisiete años, uy ké feo suena, y que hay testigos a pasto y otras fotos que si quieres te las mando pero esta no tiene madre, es la mejor. Asi que tu decides, coperas con nuestros sueños de juventud y ahí muere, te dejamos en paz o pasamos a la difusión de tu foto casi desnuda sobre la barra con dos inocentes haciéndote favores sexuales. Adiós empresa, adiós trabajo, adiós reputación.

O pasamos a la denuncia legal y adios vida. O todos tranquilos si haces lo ke te pido, tienes hasta mañana a las seis de la tarde para que la transferencia esté hecha.

Sí ya se que tu podrías acusarme de extorsión pero entonces todo se volvería un asunto público mas grande. Y yo soy menor de edad, ante la Ley tú eres mucho más responsable ke yo, ademas si no nos transfieres la lana pues esto fue solo un intento de chantaje y ya no hay delito que perseguir pero tu sí estás jodida. Para ké complicarte la vida???!!!

Banco Hispanomexicano
Cuenta CLABE 0012792300076454
A nombre de Gerardo Ortiz, porfa. Seguimos en contacto ;)

No puede respirar por la rabia. ¿Cómo pudo engañarla un escuincle de diecisiete años? ¿Por qué no se le ocurrió indagar más sobre él? ¿Cómo le creyó tan fácil que era un estudiante universitario con padres adinerados y desentendidos?

Ella, que presumía de experimentada, de haberlo vivido todo. Ella, que presumía de tener la radiografía completa de un hombre apenas mirarle el rostro, las manos o el largo y el color de los pantalones en combinación con los calcetines. Ella, que creía saberlo todo de los hombres.

La desazón y la cólera que siente consigo misma son tales que la boca le sabe amarga y una urgencia en la entraña le hace bajar la ventanilla y regurgitar los ácidos del café, las dos aspirinas y la angustia, que son lo que compone su plato principal del día.

Martín frena de golpe pero ella le indica con la mano que avance y él es incapaz de contradecirla, sobre todo ahora que la mira tan mal por primera vez desde que la conoce. En los ojos de él también hay tristeza: la de ver a su reina abdicada.

Le resulta tan doloroso asumirse presa, pensar en sí misma como la cazadora que al fin fue vencida. Si ya no es la depredadora, ¿quién es ahora?

La fotografía le dejó una herida de muerte. Ahí está ella, a cuatro patas sobre la barra del bar, mirando a la cámara, sin blusa ni sostén y con dos adolescentes afilando la lengua en cada una de sus tetas. Una especie de ícono que parece relatar el derrumbe del imperio romano con un remedo grotesco del cuadro de Rómulo y Remo mamando de su madre loba. Contemplando la imagen recuperó de golpe todos los sucesos que había olvidado en el *blackout* del alcohol, recordó varios momentos, algunas conversaciones de Leonardo y su amigo, algunos detalles vergonzantes. Pero la horrible foto le devolvió también la cordura.

Ni siquiera tuvo que pensarlo demasiado, transfirió el dinero y respondió el correo de manera simple y directa.

Ya tienes tu dinero, niño, no quiero problemas. Si no cumples tu promesa de dejarme en paz, entonces acabas de ganar a la enemiga de tu vida y eres muy joven para arruinar tus posibilidades en la cárcel. Y piérdete bien en el Lollapalooza de Chicago porque podría rastrearte.

En la radio la voz del conductor anuncia: «Acabamos de escuchar el madrigal *Lamento della ninfa*, del compositor italiano Claudio Monteverdi».

Ante la sincronía deja salir una risa histérica que pronto vuelve a convertirse en llanto.

—¿Está bien, señorita?

—Estoy bien, Martín, es que me acordé de algo.

—¿Necesita que paremos?

—No, al contrario, mejor llegar cuanto antes; no te preocupes.

Por la ventanilla mira de nuevo el paisaje de la ciudad a la que tan arraigada se siente. Baja el cristal y deja que entre el aire, que se cuelen los sonidos exteriores, todo lo que venga de fuera la hace sentirse mejor.

Busca el teléfono en su bolsa y vuelve a revisar uno a uno los correos de la oficina, no hay nada raro, nada que sugiera que ha ocurrido lo peor.

Piensa en su extorsionador usando el dinero para un festival de rock alternativo y vuelve a reírse de sí misma; esta vez con menos estridencia pero con la misma sensación enardecida de arrepentimiento.

El auto se detiene frente al consultorio del doctor Alcántara.

—Listo, señorita.

—Gracias, Martín, yo te aviso cuando sea hora para que te acerques.

Después del saludo y el abrazo de Mario, se sienta frente a él y en cuanto escucha la consabida pregunta: «¿Cómo estas?», contesta llorando.

Por primera vez en todos los años que lleva de terapia se abraza a Mario en un arrebato y se queda colgada de su cuello unos instantes. El terapeuta guarda silencio y se mantiene respetuoso, afable; le acerca una caja de pañuelos desechables y espera.

Una vez desahogada y cuando puede respirar con regularidad, se separa, vuelve a la silla y le dice:

—Voy a renunciar a mi trabajo y me voy a vivir a Granada con mi amigo Fernando. Está decidido. Si sigo aquí voy a seguir cometiendo errores fatales o voy a suicidarme.

Mario responde despacio, con la dulzura de quien tiene delante a un cachorrito perdido y trata de alimentarlo sin que salga corriendo.

—Está bien. ¿Quieres contarme cómo tomaste las decisiones y en qué parte puedo ayudar?

Claudia está tratando de que JM y su hija se concentren en los planes de estudios de las escuelas que preseleccionaron para cuando llegue el momento de transferir a Carlota, pero ellos siguen enfrascados en un juego de Scrabble que los absorbe por completo, y los deja hacer porque cada minuto le sabe al vaso de agua que toma por primera vez quien arriba del desierto. No puede creer que tenga ante sus ojos la cercanía que lleva tantos años anhelando.

Piensa en los lazos indestructibles de la sangre; en el amor y el odio que vienen con el código genético, en el apellido, en la leche que se mama.

«Así que esta es mi porción de felicidad», se dice. Y encuentra que su dosis de dicha es buena y es grande. Acaricia por unos segundos el placer de saberse parte del espectáculo y no solo espectadora.

«Soy el pequeño microorganismo que recibió la cantidad mínima de sensatez que le tocaba a mi familia». Está contenta.

Suena el teléfono y ella toma la llamada.

Todo se detiene: las voces de su marido y su hija, su propia respiración, el pulso de su sangre, todo. La vida se reduce a la punta de sus dedos helados, la lengua seca, los pensamientos empantanados.

Se sujeta del brazo de JM y siente un mareo que la obliga a sentarse, se hunde en el sillón como si la hubieran clavado, su mano se sacude tanto que no puede seguir sosteniendo el teléfono y lo suelta para que lo tome su esposo.

X

DALIA

Me voy a suicidar porque es domingo y estoy temblando de miedo en el centro de mí misma, en el centro de una casa que ni siquiera reconozco como mía.

Es domingo en la noche y llevo cuatro horas tratando de levantar mi cuerpo para meterme a la cama, pero no puedo.

Me voy a suicidar porque no sé qué hacer conmigo y si no lo sé yo, nadie lo sabrá nunca.

Tengo un vacío que no se va a llenar jamás porque nací desviada, malsana, inadecuada, loca. No puedo alimentar más esta fisura que se ha vuelto imposible de rastrear, que se ha puesto cada vez más fea, más profunda y que vive en mí desde siempre, desde que era una niña.

Me voy a suicidar porque nada tiene sentido, porque ya no puedo preservar la esperanza. Me voy a suicidar porque nada me calma, porque no puedo estar tranquila, porque anhelo como perro sediento un charquito de paz en mi interior, pero no lo encuentro, ya no lo encuentro.

Porque estoy sola, porque siento que soy la sola más sola del mundo.

Me voy a suicidar porque me arde la lengua, porque tengo triturados los dientes.

Porque tengo gastritis.

Porque no puedo pensar.

Porque no puedo dormir.

Porque no puedo comer.

Porque mi interior ya es una masa informe, porque mi cuerpo se ha reducido a nada y es solo la bitácora de mi sufrimiento.

Me voy a suicidar porque esta angustia es un monstruo gigante, titánico, inacabable. La ansiedad es una legión de serpientes reptando en mi alma.

Me voy a suicidar porque no se puede vivir cuando todo angustia, aterra, paraliza.

Me voy a suicidar porque mi cerebro está hecho de cristales rotos.

Porque el amor y la familia, eso que la gente llama *refugio*, para mí son cianuro.

Me voy a suicidar porque transitar cada fragmento del día solo para que llegue la noche y transitar cada fragmento de la noche sin poder dormir y con la única certeza de que al día siguiente se repetirá la condena es vivir enraizada en el infierno.

Me voy a suicidar por ti, por mí, por mi madre, por mi abuela y por mi hermana.

Por todos, porque cada tribu necesita su chivo expiatorio, su acto de crucifixión, su víctima para ofrecer a los dioses.

Me voy a suicidar para conjurar tanto mal venido por el desacato.

¿Cómo voy a tener un hijo, un hijo contigo? El único embrión que yo podría gestar es el del pánico, y no quiero.

Quiero descansar y sé bien que mi único descanso será la muerte.

No soportaría verte regresar a pedirme un amor tranquilo que yo no puedo darte. Porque no fuimos bendecidos con la normalidad, mi amor, no yo. Y te juro que trabajé duro para construir el puente hacia el estándar, cada día, cada pedacito de día, largas noches, largos años de batalla contra todas las bestias, contra la muerte misma.

Pero el monstruo mayor sigue ahí, el pánico sigue ahí, ese dragón que me hace sudar, temblar, hiperventilar, convulsionar.

Mi Leviatán se llama Ansiedad.

Y miro lejos de mí; me asomo por la ventana; miro el semáforo; la casa de al lado; miro a los cientos de normales que me rodean y todo eso me parece tan lejano, tan de otra naturaleza, una a la que no pertenezco.

¿Cómo hicieron para insertarse en la vida y ponerse a respirar sin sentir esta taquicardia?

Mataría por esa simpleza; mataría por tener un día de mi existencia el equilibrio de los otros, pero ya no puedo más. No se puede vivir con tanto desasosiego en el alma.

Hermanita:

Hay mujeres que no deberían tener hijos nunca.

Tal vez pueda perdonarle a mi madre que haya muerto, pero nunca voy a perdonarle lo mala madre que fue.

No, vamos a admitirlo. Ella no murió, se suicidó, porque beber y conducir en carretera es lo mismo que tirar del gatillo pero con menos entereza de espíritu.

Tú sí la tienes. He vivido admirándote en secreto todos estos años, envidiando tu capacidad para convertir todo el dolor que nos dieron en leche buena, por atreverte a ser madre, por tener ese sol resplandeciente que tienes por hija.

En cambio, mi interior es un alarido permanente y ya me cansé de escucharlo. No te imaginas lo que es vivir como yo vivo, sintiéndome repugnante todos los días, aterrada todas las noches. Existir así duele más allá de lo tolerable y todas las horas de mis días son una tortura.

Lo intenté, hermanita, te juro que lo intenté. Pero si Dios existe no bendice a todos con sus milagros. Mi madre se suicidó y nos abandonó por egoísta; el milagro que resultó de eso son tú y Carlota y, desde luego, Adrián.

Lo amo tanto, Claudia, lo amo de un modo que no me cabe en el cuerpo y no puedo hacerle daño. Quiere regresar a México para que tengamos un hijo, ¿te imaginas? Yo no puedo permitir eso, no quiero, no me alcanza el alma para intentarlo.

¿Amas así a José Manuel? No quiero agredirte, no te estoy retando, quiero apelar a esa comunión que podría acercarte a sentir esto que reverbera en mi pecho. No dejes de intentarlo, hermanita, no se puede prescindir del amor porque la vida lo cobra caro.

Quiero pedirte que no le digas a Adrián, que no se entere, por favor. Está en India tratando de transformarse, tratando de encontrar la mejor versión de sí mismo, y yo no puedo arruinarlo; él es como tú, ¿sabes?

Él tiene el chip de la esperanza, así como tú. En eso ustedes dos son más hermanos que yo, tiene fe en que puede cambiar y creo que lo va a conseguir. Pero también cree que yo puedo transformarme en algo que no soy y no quiero destrozarlo. Te lo ruego, si existe el peso de la última voluntad desde ahí te lo imploro: no le cuentes a Adrián de mi muerte, sé que eso podría arruinar el proceso de salvación que se autoimpuso; por favor, déjalo seguir allá, déjalo terminar sus planes, déjalo vivir con esperanza.

Se enterará cuando sea inevitable, no antes.

¿Me lo prometes?

Le mandé un correo para tranquilizarlo, le pedí que se quedara en India, le dije que estaré bien.

Sé que tú tendrás mil dudas, mucha rabia. Pero puedo decirte que te escribo sobria, lúcida, consciente de que estoy tomando la decisión correcta.

Todos los documentos de la casa y del fideicomiso están en orden, los guardé en el cajón del secreter de la biblioteca.

Adrián y yo nunca tocamos ese dinero porque no quisimos sumar ese peso a la carga de nuestra penitencia. Hemos vivido sintiéndonos convictos, en deuda porque no tuvimos la fuerza moral para detenernos.

Escribí también una declaración en la que les cedo a ti y a él por partes iguales mis derechos. La puse ahí mismo, en el cajón, y te dejé mis documentos oficiales por si fueran necesarios para algún trámite legal.

Me gustaría pedirte que le dejaras la colección de la biblioteca a Carlota. Esa niña está llena de talento y no tienes idea de cuánto te ama, pero está aterrada frente a sus enormes capacidades, por eso es agresiva contigo. No voy a decirte cómo ser su madre pero solo ten paciencia y dale la dosis de tranquilidad necesaria. Creo que ella tiene la posibilidad de hacer de la historia de esta familia una historia diferente, ella es tu linaje.

Dile cuánto la quiero, que se merece todo el amor que anhela, que ese brillo extraordinario de la inteligencia que posee no es su enemigo sino el camino para lograrlo.

A ti te deseo toda la felicidad. No te culpes más, Claudia, esto no es responsabilidad tuya ni de nadie, estoy tan cansada de vivir así que no quiero seguir.

Seré egoísta y volveré a pedirte que seas mi cómplice, no busques a Adrián para contarle nada de esto. Promételo, te lo suplico.

Sé que soy una inmoral pero también sé que suicidarme será el más moral de mis actos.

Y al fin voy a descansar, hermanita. Te adoro, te agradezco tu paciencia y tus ganas de cuidarme a pesar de mi locura, de mis episodios de aislamiento, eres tan buena que la vida solo puede compensártelo.

Al fin voy a descansar.

Dalia

XI

CLAUDIA

La muerte no puede ser un procedimiento judicial, un implacable papeleo. La muerte no puede ser ella, mi hermanita.
¿Será la muerte el sello de mi casta?
No puedo despegar la lengua del paladar, no puedo despegar los labios, no puedo pensar. La muerte es un vacío dentro de otro, dentro de otro, dentro de otro; la muerte es la suma de todos los vacíos.
¿Por qué? ¿Por qué no la obligué? ¿Por qué no la traje a vivir a mi casa aunque tuviera que anestesiarla y amarrarla a la cama?
¿Por qué no la abracé y le besé la frente y le peiné las trenzas o le enseñé el alfabeto cuando era niña?
No es que no pueda respirar, es que el oxígeno que entra a mi cuerpo me quema; no puedo mantener los ojos abiertos durante mucho tiempo; no sé por qué, pero no puedo. Me molesta mirarlo todo, mirar los árboles por la ventana, mirar las puertas, mis zapatos, mis manos.
Desde hoy soy una persona partida en no sé cuántos pedazos, incapaz de volver a reunirlos todos alguna vez.
Ahí estaba ella. Ella. Ella. Ella. Mi hermana, mi hermanita.
Con la pistola en la boca y su pelo, su hermoso pelo, lleno de sangre, su pelo hecho un pegote duro y embarrado

sobre su cráneo. Ella, que sufrió tanto y yo no hice nada para remediarlo.

Ella, la estúpida, la imbécil; ella, la loca de mi hermana, mi carne, mi hermana chiquita, me duele tanto.

Igual ya era un fantasma. No sé cuándo vino a mi casa y tomó la pistola que usó para matarse. ¿Cuándo estuvo aquí y lo hizo sin que yo me diera cuenta?

¿Qué clase de idiota soy que no lo vi? ¿Para qué estamos aquí si no podemos remediar nada, si no podemos aliviar el dolor de quienes amamos?

¿Qué voy a hacer ahora? ¿Cómo voy a perdonarme?

Y me pide que no le diga nada a Adrián. ¿Y yo? ¿Y las palabras que yo he guardado todos estos años y que me trituran?

No es verdad, hermanita, no estoy enojada; claro que voy a ayudarte.

Voy a guardar tu secreto, sí, aunque me cueste la cordura. Voy a ser la cómplice que necesitas, la cómplice que nunca fui.

¿Descansas ya, Dalia?

Voy a guardar tu secreto, voy a cuidarte aunque no estés; voy a cuidar a Adrián, te lo prometo.

Voy a amarte hasta que me muera, voy a ser tu hermana, por fin voy a ser tu hermana; tendrías que saber que nuestra madre no fue tan mala, lo intentó a su manera, pero su cerebro la traicionó siempre. Sufrió tanto como tú. La recuerdo adherida a su cama, impedida para levantarse, deprimida, ansiosa, fatigada; la recuerdo arrepentida, alterada y por eso mi papá fue su cuidador, su perro fiel, su bastón y su medicina. Era incapaz de lastimarla, incapaz de contradecirla para no inducirle un episodio, para no causarle más dolor. Nunca supo muy bien qué hacer con ella, pero la amaba, de eso puedes estar segura.

No solo somos hijos de la locura, hermanita, también somos hijos del amor.

Voy a vender esa casa o voy a incendiarla, que no quede nada, que no vengan más legiones de fantasmas a apoderarse de nada.

Le enviaré dinero a Adrián para que no regrese, para que pueda vivir sin angustias, para que nada le haga falta, voy a cuidarlo por ti, te lo juro, te doy mi palabra.

No somos malos, Dalia. Ni tú, ni Adrián, ni yo, y no vamos a seguir pagando pecados que no debemos.

Tienes un nombre, siempre tendrás tu nombre, tu propio nombre para respetarte.

Sufriste tanto.

Yo también vivo admirándote. No eres de este mundo porque tu espíritu nunca fue domesticado. Perdóname por tanto recelo, por tanta distancia, por tanto abandono, aquí estoy ahora, aquí estaré haciéndote guardia mientras viva.

¿Existe el cielo, el consuelo, la paz? Te los mereces hasta la eternidad.

Te amo, hermanita, con toda mi alma.

CARLOTA

Supongo que sí, que esto está pasando.

«Dalia se suicidó» es una frase que me repito para ver si por fin comprendo algo, para no sentir vergüenza por haberla abandonado yo también como hicieron todos. Para no sentir vergüenza; porque mientras esto está sucediendo a mí se me ocurren puras tonterías y blasfemias, estupideces como lo raro que es ver a mi mamá acompañada de mi papá que no se le ha despegado un milímetro y verme a mí misma acompañada de Julián todo el tiempo.

Me pregunto qué voy a pensar de esto cuando tenga treinta años, me pregunto si voy a vivir treinta años.

No quiero poner la palabra *suicidio* entre mis favoritas porque ya no es solo una palabra, y ahora cada vez que la piense pensaré en Dalia.

Yo no la vi a ella ni vi la foto que tomaron los peritos. No me dejaron.

No quiero vivir sola nunca. Qué bueno que tengo a mis papás. Nunca pensé que lo diría.

Mi mamá dijo que Dalia dejó escrito que me entregaran la colección de la biblioteca. Mi tía nunca dejó de quererme, nunca dejó de mimarme. Cuando mi mamá esté más tranquila le voy a contar que la última vez que estuve en su casa la hice reír y estuvo contenta. No me dejó leer la carta; me miró de ese modo que le he visto poquísimas veces en la vida y dijo: «No, punto».

Me preocupa mi madre, de verdad me preocupa. Y lloro mucho por mi tía pero también lloro por ver a mi mamá tan mal, tan triste, tan destruida.

Mi papá canceló todos sus viajes y sus citas del despacho, jamás había hecho eso. Y nunca había visto a mi mamá tan inteligente, tan rápida, dando órdenes y decidiendo sin dudar cuando le preguntan algo. Se siente chingón verla así.

El estúpido y mil veces estúpido tipo del Ministerio Público le hizo unas preguntas que eran para matarlo, preguntas ofensivas y burdas; mi papá y yo nos revolvíamos en la silla, pero mamá se veía entera, tranquila, respondió como reina mandando a sus súbditos a la batalla. Pero luego se queda muda, ensimismada, es como si se pusiera en pausa cuando no tiene que funcionar y en *play* en cuanto se necesita que haga algo o responda alguno de los estúpidos cuestionamientos que le hacen los lerdos de la policía.

Julián se ha portado superchido, corre por los cafés o por el agua, pide las claves de red, conecta los teléfonos, pone atención en todo y cuando ve un momento íntimo nos deja solos para no incomodar: lo amo. También se ha ganado a mis papás, ya lo quieren.

Pero admito que a ratos desconfío de él. No sé, como que todavía no lo creo, como que no admito que el milagro de perder seis kilos me haya traído de novio al tipo más interesante de la escuela. No sé, no debería estar elaborando mis suspicacias ahora.

Yo solo quiero estar abrazada a mi mamá; es rarísimo abrazarla porque en general no lo hago y menos con el puto brazo inutilizado por la férula, pero siento que necesito estar en contacto con ella. A ratos me da miedo que si dejamos de tocarla se pire por completo, y es que por momentos tiene esa mirada extraña y me pongo superansiosa de imaginarlo. Dijo mi papá que tal vez vamos a ir todos a una terapia de crisis o de intervención familiar o no sé qué chingados. Si sirve para que mi mamá esté más tranquila, yo le entro, pero supongo que lo más importante es que le den medicamentos, es evidente que los necesita.

Y a ver cuánto les dura a mis papás esto de ser la pareja del siglo. Me gustaría creer que va a durar mucho tiempo, pero sé que es probable que dentro de unos meses volvamos a lo de siempre; eso es lo que pienso.

También pienso en contar esta historia algún día, escribirla cuando sea capaz de hacerlo, y estas son las insolentes blasfemias a las que me refiero, ¿o en qué piensa la gente cuando alguien muere? ¿Están todos muy serios elaborando solo pensamientos respetuosos y sofisticados? No creo.

Blasfemia me gusta por su fonética; también *sofisticado*; dan para un trabalenguas buenísimo: el blasfemo sofisticado blasfemaba sofisticadamente...

Aquí voy otra vez.

Estoy perturbada; soy una morbosa por andar elucubrando estas estupideces en estos momentos. Mi cerebro no está sano, supongo que algún día me descubrirán y todos nos daremos cuenta de que no es que esté loca sino que la sinapsis me funciona raro.

Decidieron que van a hacer un velorio privado, nosotros y la única amiga mutua de mi mamá y mi tía.

Dalia ahogó su teléfono celular y aunque no dio de baja su cuenta de correo electrónico borró todos los contactos. Dice mi mamá que eso solo quiere decir una cosa: no quería que nadie se enterara y por eso decidió que no va a avisarle ni a los familiares que siempre han sido unos espectros lejanos. No les va a decir para no exhibir a su hermana.

Ni siquiera yo lo habría pensado así de claro; mi madre puede ser brillante si se lo propone.

¿Quién me va a cuidar a mí cuando me muera de vieja si para entonces no tengo una hermana ni una amiga del alma? Qué putada debe ser la muerte sin nadie para que nos guarde las espaldas en el último momento. Ahora entiendo que es cuando más se necesita que otro nos haga el paro.

Voy a cuidar a mi mamá, a mi papá, a Julián, a todo el que me quiera. Lo juro.

Ahora la ropa me queda grande, enorme de hecho, ando jalándome el pantalón para que no se me caiga y cuando lo hago me cuento el chiste de que voy a patentar la única fórmula efectiva para perder peso sin dietas ni ejercicios: crisis y dolores inesperados.

Y de nuevo estoy pensando mis pendejadas.

Por eso me lo repito en voz bajita a cada rato: «Dalia se suicidó».

XII

CLAUDIA, MAGDALENA, CARLOTA

Como si el desastre y el caos no tuvieran fin, como si el día que el primero de tus temores se hace realidad, todos los demás vinieran a presentarse en cadena.

Hace un par de horas encontré por fin la prueba que tanto buscaba. JM sí tiene una amante, o tenía. Es terrible, pero ahora sé que no estoy loca y me invade algo que casi podría llamar paz, siento una sorpresiva tranquilidad al confirmar que no estuve escarbando en el vacío todo este tiempo, que sí había algo, que mi intuición no podía estar tan equivocada.

Me dejó su teléfono mientras él atendía al personal del Ministerio Público, casi en automático tecleé su clave de desbloqueo y en ese mismo segundo la pantalla se iluminó anunciando un correo electrónico nuevo: era ella, se llama Alejandra, Alejandra Solís. El correo es la respuesta a uno que JM envió primero porque es él quien le pide que se detengan, le habla de mí; qué raro fue leer mi nombre en un mensaje así, que mi marido hiciera referencia a mi nombre para contarle algo de mí a su amante: «Quiero intentarlo con Claudia» le dice, «quiero hacer las cosas bien». Y le agradece por «todo este tiempo», ¿cuánto fue todo ese tiempo? ¿Meses, años? Ella simplemente responde que le duele pero que si eso quiere, así será. Lo más perturbador es que despertó en mí cierta empatía por ella, cierta compasión: su respuesta era tan escueta que no podía ocultar otra cosa que un dolor enorme. Y ahora ya no sé qué sentir por JM, ni siquiera estoy enojada, pero lo veo pequeñito, vacío, lejos; lo veo a través del túnel y sé que solo es un hombre estándar, uno leal y desleal, como todos, tan parecido a cualquiera.

Marqué el correo como «No leído» y guardé el teléfono en mi bolsa esperando a que la pantalla volviera a bloquearse de nuevo, cuando JM regresó simplemente se lo devolví.

Luego llegó mi turno en la declaración y entregué la carta de Dalia como prueba para el peritaje, pero olvidé por completo que traía mi copia entre mis cosas, y Carlota la encontró.

No tengo la menor idea de cómo explicarle a una niña de dieciséis años lo que ocurría entre Dalia y Adrián, y la verdad es que tampoco sé si tengo ganas.

JM dice que Carlota ya no es una niña y que simplemente hay que decirle la verdad: el señor honestidad hablando.

Pero es que no tengo ganas de hablar, no tengo ganas de dar explicaciones ni de pedirlas, no quiero más peleas ni desatar nuevas tormentas, no ahora; lo único que quiero es procurar el mayor silencio posible durante un tiempo, necesito recuperar la calma. Por el momento no pienso decir nada; sé que es mi obligación hablar con mi hija —qué duro es no poder zafarse de la maternidad ni por un rato, ni cuando eres incapaz de ser madre, pero de verdad necesito un receso.

Ya veré qué hacer con Carlota cuando sea el tiempo; conozco bien a mi hija y si la persigo ahora para que tengamos una conversación no servirá de nada; será cuando ella se acerque, cuando ella me pregunte y ahí estaré porque por supuesto no voy a abandonarla. Cómo me hubiera gustado tener una madre a su edad o incluso ahora, aunque solo fuera para saber que hay alguien más a cargo del desastre.

Cómo me hubiera gustado ser religiosa; lo he pensado tantas veces, sobre todo en momentos como este cuando necesito saltar al vacío. Por fin renuncié a la oficina; casi no puedo creer que me atreví. Carajo, ya era hora.

¿Quién vivirá las vidas que voy dejando detrás de mí? ¿Quién se quedará con los espacios que voy dejando vacantes, disponibles? ¿A quién voy a reemplazar en Granada? Tal vez a Jordi o tal vez a una desconocida que abandonó España el mes pasado, yo qué sé.

Todos somos reemplazos, más vale aceptarlo. Únicos e irrepetibles reemplazos del que nos deja su lugar porque se ha ido; reemplazo del amor anterior, del empleado anterior, del paciente anterior, de la madre anterior, del hijo anterior. Seres replicantes, tan poco especiales.

Cómo me gustaría tener un credo, un dogma de fe, pero soy una sobreviviente y los sobrevivientes no podemos creer más que en nosotros mismos. Fui una adolescente hambrienta en París, nadie lo adivinaría porque solo yo sé que me alimenté con cupones de descuentos, panes duros rescatados de las bollerías, sobres de azúcar robados en los cafés y desperdicios de cartoncitos con crepas y falafel abandonados a medio terminar en las bancas de los parques. Me las arreglaba para viajar en tren desde París a otras ciudades de Europa y desde aquellos días me enamoré de Granada y sus estrechísimas calles. Mi apreciación de la belleza tiene un antes y un después de ese lugar; recuerdo bien la primera tarde que estuve ahí, tenía solo veinte años. Iba con Fernando, estábamos empeñados en tener sexo con una pareja de gitanos para probar lo libres que éramos. Hay que ser un mocoso recién destetado para pensar que hay posibilidades de seducir a un gitano, es al revés porque ellos son los maestros de la seducción, pero no lo sabíamos y nos enrolamos con una pareja que iba dando palmas en una callecita por el barrio del Albaicín como una aparición flamenca; nos quedamos boquiabiertos delante de ellos que andaban un poco borrachos o más bien debo decir que fingían con gran virtuosismo.

«Que llueva, que llueva, la Virgen de la Cueva» cantaban. Nos sumamos al canto y pronto fuimos un coro de cuatro entonando «Los pajarillos cantan, las nubes se levantan». Camino a la catedral compramos una botella de licor de orujo y cuando llegamos al hostal nos tumbamos a beberla en el piso. En menos que canta un gallo la gitana y yo nos besábamos y ellos batían palmas sentados en la cama. Y después nada: Fernando y yo despertamos sin una peseta encima, sin maletas, con el cuarto desmantelado y con una resaca de primerizos digna de la más humana compasión. Por fortuna habíamos tenido la providencial idea de dejar los pasaportes con el encargado del hostal, que nos tiró un discurso en caló del que nunca pudimos inferir si nos estaba insultando a placer o sermoneando con una reprimenda paternal redentora pero nos concedió dos noches de gracia que eran las que faltaban para tomar el tren a Madrid con la consecuente travesía del regreso a París.

Hasta antes de ver a Mario no podía explicarme cómo carajos, treinta años después, fui víctima del mismo engaño. Ahora lo sé: el cebo que mordí en el anzuelo no lo puso Leonardo sino yo misma, mordí mi propio ego sobrealimentado, mi vanidad voraz, mi resistencia a aceptar que soy una señora de cincuenta años; qué verdad tremenda.

Pero sigo en lo dicho, llevo a cuestas la maldición del sobreviviente y no sé lo que es rendirse, el único modo que conozco para seguir es el de reinventarme y el caballo viejo conoce bien el camino aunque vaya más despacio. Así que aquí voy, Granada, treinta años después, con la edad tú te has puesto más hermosa y yo más fea pero las dos estamos más viejas, ¿no tiene gracia?

¡Ah, qué glorioso momento el de renunciar a la oficina!, y luego despedirme de todos.

Qué festín para el alma saber que dejaré de escenificar batallas en las que ya no creo, saber que mis primeras horas de la mañana dejarán de tener sabor a tránsito intenso, a café apresurado y correos electrónicos extraurgentes, llamadas amargas, saludos prefabricados.

No vuelvo más a un escritorio, nunca más; no vuelvo al aeropuerto si no es para recorrer mis propias rutas, para explorar los territorios de mi deseo.

Adiós al dolor de panza con cada correo de Liliana; me llenó de regalos la pobre, pero sé que por dentro traía una danza; al final se libró de mí, en su lugar yo también estaría celebrando.

Voy a extrañar a Martín. Me conmueve recordar sus ojitos rojos, su expresión de hombre duro tratando de contenerse cuando abrió el sobre con el cheque que le regalé para que haga un viaje a Europa con su mujer el próximo año.

También voy a extrañar a don Raúl, mi cadenero personal, mi entrañable sacaborrachos. Le heredé mi cava, se quedó mudo de gratitud. Los voy a echar de menos a todos pero sé que ya no voy a necesitarlos.

Me dolió despedirme de Mario. Qué afortunada fui de encontrarlo luego de rebotar entre tres reaccionarios disfrazados de terapeutas. La tercera fue la peor, sin duda; recuerdo las sesiones con ella y siento escalofríos. Una verdadera ortodoxa cercenadora, suerte que escapé a tiempo de ella; lo de Mario desde el principio fue otra cosa, pronto comprendí que no tenía por qué justificarme con él pues su tratamiento no pretendía enfrentar juicios sino verdades.

Lo vi crecer, pasar de un consultorio pequeño a uno más grande y luego dirigir su enorme clínica; pero él siempre fue el mismo: atento, sencillo, dispuesto.

Nunca le noté la edad, pero sí el cansancio. Pobre, ¿no sentirán los terapeutas que mueren de desesperación escuchando las necedades laberínticas de sus pacientes? Apuesto que sí. Nunca me enteré de su vida personal; deduje que era casado por la argolla en su mano y por la edad; supongo que tendrá hijos, pero no sé más. Qué extraño pensar que él sabe todo de mí, desde los detalles más vergonzantes hasta los más admirables, y yo de él no sé nada.

En fin, se me encogió el corazón al abrazarlo y saber que era el último abrazo.

Y puse mi *penthouse* en renta. Si esas paredes hablaran, más bien gemirían.

Otros jadeos serán, ya no los míos; otros insomnios, otros sudores, otras pieles que ojalá estén en buena compañía.

¿Se queda la energía que habitó las casas en alguno de sus rincones?

Ojalá que mi reemplazo reciba también la lujuria de mis noches, que sirva de algo tanto encuentro sexual que ocurrió entre las paredes de ese lugar; sentí nostalgia al mirarlo deshabitado.

Cuando regresaba de despedir a los de la inmobiliaria tropecé con la hija de mi vecina, o debo decir que ella tropezó conmigo; venía hecha un sismo adolescente la pobre, corría y lloraba envuelta en tal drama que me dio ternura; no me quedó más remedio que abrazarla para no rodar juntas por las escaleras. Primero me miró como si se le hubiera aparecido un fantasma y luego balbuceó que si podíamos ir a mi casa porque quería esconderse un rato de sus papás, y allá fuimos.

Entró y se quedó parada delante de la puerta, recorriendo con la mirada mi departamento semivacío, escudriñando los montones de cajas que se apilaban de piso a techo en casi todas las paredes y me preguntó con un tono entre afectuoso y mandón: «¿Tú también te vas a ir?». «Sí, me voy mañana», le contesté.

Entonces se desparramó contra la puerta hasta quedar sentada en el suelo y se quedó ahí, mirando la duela del piso, dándole vueltas entre las manos a unos papeles arrugados que llevaba con ella. Me senté a su lado y esperé en silencio, no sabría decir si divertida o conmovida con la escena.

Y se soltó a hablar como si estuviera en trance, sin hacer pausas, sin esperar una respuesta mía, sin tomar aire siquiera; fue tal espectáculo de inocencia e inteligencia que por nada me pongo a llorar con ella. Saltaba de una pregunta a la otra, de una confesión a la otra y de una conjetura a la contraria casi con virtuosismo. La escuché atenta, ofreciéndole eso, mi oído como consuelo y nada más; así me enteré de que fui su objeto de estudio durante años gracias a la condición de insomnes que compartimos; me enteré de los líos familiares que se cuecen en el departamento de enfrente y de que ella y su madre lidian con los restos del suicidio de la tía, que además tenía una relación incestuosa con el hermano menor. Me habló de su virginidad penosa, del novio y futuro amante que ocupa sus pensamientos y deseos, de su miedo al futuro y su vocación aún no definida. Habló como si me relatara el vaivén mismo de la vida con tal intensidad que yo me fui llenando de esperanza, así que cuando remató contándome de su terapeuta que, gracias al contacto que yo le di a su mamá, es el único adulto que le inspira confianza, casi aplaudo movida por un estado de exaltación absurdo.

Así que mi sustituta como paciente de Mario es esta niñita desbordada y brillante; qué cosas; la vida hace arreglos insospechados, hilarantes y probablemente perfectos.

Al final le di el abrazo más honesto que he dado a cualquier desconocido y simplemente le dije: «Estarás bien, es cuestión de tiempo, te lo aseguro». Y cuando la vi salir de regreso a su casa lamenté no haberme enterado antes de quién era ella. Aunque es probable que de haberlo sabido tampoco habría cambiado nada y nos habríamos comportado siempre como dos desconocidas; pero no deja de ser simpático que el último encuentro que tuve en mi departamento con otro ser humano haya sido ese y no los acostumbrados.

Pues ya está, adiós México. Por el momento solo queda concentrarme en elegir bien quién quiero ser los años que vienen; a ver si la guerrera que presumo ser es capaz de ganar la batalla más dura, la de la aceptación. Después de todo creo que tengo la mesa bien puesta: mi patrimonio está hecho, las deudas con mi madre están en ceros, mis lecciones están bien aprendidas. ¿Por qué no habría de merecerme unos años de paz, un retiro para vivir a mis anchas?

¿Por qué no sé hacer otra cosa que salir corriendo? Julián tiene razón, es mi estrategia típica; bueno, si es que a eso se le puede llamar estrategia. Pero me ahogaba, de verdad sentía que me ahogaba luego de leer la carta de Dalia. Se me rompió el corazón, cuánto habrá sufrido en soledad sintiendo todo eso; me puedo imaginar sus noches, su ansiedad, esa sensación de ser una persona inadecuada que tantas veces he sentido yo también. ¿Por qué nunca me dijo nada? ¿Por qué las familias se relacionan tan por encima y no se cuentan las cosas verdaderamente importantes? Mierda y recontra mierda; qué mal me siento de no haber sido una alternativa para mi tía, alguien con quien hablar; supongo que es mi culpa por andar todo el rato con esta actitud de perdonavidas que tanto me reclama mi mamá. ¿Cómo se me iba a acercar así? Y bueno, el último día que la vi debí notar algo, preguntarle, darme cuenta de que estaba tan mal. Qué pendeja soy; una verdadera idiota y además egoísta, una *drama queen* que se ahoga en un vaso de agua. Ya no quiero ser así; es que no me doy tregua con mis intensidades y por eso no me entero bien de lo que pasa a mi alrededor; bueno, claro que también me doy cuenta de que no solo es mi culpa, sino de todos, que Dalia se haya quedado tan sola; empezando por Adrián, qué pocos huevos de su parte haber desaparecido así nada más, ¿no? Y qué perturbador es imaginarlos como pareja, besándose, acostándose en la misma cama y teniendo relaciones sexuales como cualquier pareja.

Todas estas barbaridades le dije a la rubia mientras estuve con ella en su departamento. Qué locos son los impulsos, tenía ganas de abrazarla y llorar colgada de su cuello y pedirle que no se fuera como hacía con mi tía Dalia cuando me dejaba en la escuela y yo no quería quedarme.

No mames, lo raro que es develar un misterio, acabar con una fantasía pues; la rubia no es perfecta, ya de cerca se le nota cabrón la edad; y tampoco es una *bitch* sin sentimientos, me escuchó todo el tiempo superatenta y no trató de tirarme ningún rollo aleccionador, al final hasta me abrazó y casi la sentí cariñosa. Además, es obvio que se trata de un ser pensante; se necesita una buena dosis de inteligencia para escuchar a alguien decir todo lo que yo dije y no emitir ningún juicio, ningún discurso estúpido lleno de consejos o recomendaciones.

Pero sí me da rubor pensar en el encuentro, o sea, ya estuvo, Carlota, no puedes ir corriendo a los brazos de todo desconocido haciendo el ridículo como hiciste con Fabián, por ejemplo.

En realidad, lo que yo quería era salir a buscar a Julián pero me topé con ella, y el destino quiso que nos conociéramos justo ahora que ella se va.

Y yo creo que desperdicié el encuentro del modo más estúpido porque a la rubia debí preguntarle consejos para estar con los hombres, recomendaciones de sexo que me fueran útiles precisamente ahora que estoy decidida a experimentar la mentada primera vez con Julián; luego de leer la carta de Dalia terminé de convencerme: no puedo morir virgen, no puedo.

Ya sé que estoy completamente loca por andar pensando en sexo justamente ahora, pero mi cabeza funciona así y ni modo.

Sexo viene del latín *sexus*, por *sectus* que se refiere a una sección, a seccionar y separar; qué irónico que también lo utilicemos para referirnos a un acto de unión, de juntar los cuerpos y los genitales.

Qué fea palabra esa de *genitales*, es de las poquísimas que no me gustan; suena tan sin sentido, tan clínica, tan poco excitante, tan poco pornográfica.

Y hablando de pornografía, me puse a ver un par de videos en YouPorn. Qué decepción, eso no sirve para aprender a coger. O sea, simplemente empiezan los besos, ocho segundos después se desnudan y lo que sigue es ver toda la pantalla en color rosa membrana con los genitales chocando entre sí (¡agh!) en un primer plano gigante. A mí me provocó más repulsión que ganas.

Yo esperaba encontrar algo diferente, no exactamente un tutorial, pero sí algo un poco más pedagógico, ¿a poco todo el mundo sabe qué hacer la primera vez? Yo, por ejemplo, no sé qué voy a hacer con las manos, ¿dónde las pongo? ¿Sobre Julián, en qué parte? ¿O las uso para desvestirme? Y esa es otra pregunta: ¿cada uno se desviste a sí mismo o lo correcto es desvestir al otro?

Y llegado el momento de la penetración —qué nervios—, ¿cuándo le pones el condón, un segundo antes? Y vuelvo a mi duda anterior: ¿él se lo pone o se lo pones tú? Y lo que más confusión me provoca: si, por el motivo que sea, no entra bien el pene, ¿vuelves a empezar con todo de nuevo? Uf, qué complicado y qué desgastante.

El caso es que luego del fracaso con YouPorn me metí a leer montones de blogs sobre la primera vez y todos son basura, pura cursilería e ignorancia flagrante sobre la anatomía y las emociones humanas; con razón los *rompehímenes* y las señoritas *lip gloss* cuentan tantas mentiras mitológicas sobre sexo si se alimentan con semejante información chatarra.

Bueno, encontré un dato útil al darme cuenta de que en algo coinciden todas las blogueras en sus narraciones romanticoides: la primera vez duele. Con eso no contaba porque ahí está la mayor de las contradicciones en el porno, parece que a nadie le duele nada por más salvajadas imposibles que introduzcan o froten en los orificios de alguien, sea hombre o mujer. Resumiendo: que todo lo que hay en internet sobre el sexo son patrañas, desechos más bien míticos que informativos.

Así que después de toda mi navegación en línea y mi paupérrimo *research*, he concluido que solo me aseguraré de llevar un condón en la mochila, apagar la luz porque ni en drogas dejaría que Julián me viera y el resto será improvisar. Me consuela pensar que él tiene más práctica con estas cosas.

A pesar de que me duela el pecho cuando repito el nombre de Dalia para mis adentros, a pesar de que todavía se me entume el brazo, a pesar de todas las estupideces y ridículos que últimamente he protagonizado y a pesar de mis padres, mañana voy a inaugurar mi vida sexual.

Me muero del susto pero si le doy más vueltas no lo haré nunca, voy a intentarlo mañana en la noche que mis papás se van a la terapia y Julián y yo nos quedaremos solos. Y ya, a ver qué pasa.

Magdalena camina despacio por el largo pasillo del aeropuerto. Su ritmo es otro; avanza dos o tres tiempos atrás de la composición musical que el resto de los viajeros ejecuta; lleva la cara limpia de maquillaje, pantalones holgados, chamarra de plumas, zapatos tenis, y un vaso de café en la mano.

No hay maniobras de conquista, no hay búsquedas desesperadas, no está alerta, no va olfateando. Después de un rato repara en un solo detalle: han pasado más de treinta minutos sin que su teléfono suene. No hay mensajes, correos ni llamadas.

Se siente eufórica con la euforia blanca de la paz, del porvenir. Agua de río, se piensa en Granada.

Luego del abordaje toma su lugar con parsimonia, cada movimiento es una caricia a sí misma: se descalza, busca un libro en su bolsa y se recarga contra la ventana para hundirse en la lectura.

Siente cómo crece la franja que ha vuelto a partir la línea de su vida mientras el avión despega. Mirando el abigarrado cuadro de la Ciudad de México con sus millones de lucecitas encarnizadas unas sobre otras imagina millones de huevos de luz, de larvas encendidas. Y piensa que no se necesita ser madre para sentirse fecunda, fértil, multiplicada.

El tintineo del carrito de las bebidas suena en el pasillo y la voz de su compañero de asiento la saca de su estado contemplativo.

—¿Te pido algo, preciosa?

Suéter de casimir, vientre plano, superávit de loción, superávit de ego, mocasines de diseñador, reloj Montblanc de empresario en la mano derecha, argolla de matrimonio en la izquierda y mirada de cínico añejo, reposado en barrica de aburrimiento.

Lo mira unos segundos, saca de su bolsa las pastillas para dormir, toma dos y después de girar la tapa para cerrar la botella de agua, responde:

—No, gracias, buenas noches. Saludos a tu esposa.

Se acurruca contra la ventanilla dándole la espalda y lanza una última mirada al paisaje antes de volver a su libro. Su bello rostro equilibrado se refleja en el cristal, mientras el hermoso tapiz de luces de la Ciudad de México se va quedando cada vez más lejos.

Y allá lejos, en las Lomas de Chapultepec, el timbre suena.

Carlota abre la puerta, es Julián. Intercambian sonrisas nerviosas, se miran con cierto asombro, por sus ojos cruza una ráfaga de provocación y ternura, es una chispa que los delata tan voraces como temerosos, tan arrojados y ciegos como dos héroes recién nacidos.